Max Kocan
Der Goldschatz der Helvetier

AF289497

Über den Autor

Max Kocan, Jahrgang 1949, geboren in Zürich, ehemals Hotelier EHL, verheiratet, Vater und Grossvater.
Nach über zwei Jahrzehnten in Zürich mit Abstechern nach Lausanne, England, Holland und den USA, wohnte er und seine Familie während über 40 Jahren im Val-de-Ruz, Kanton Neuenburg, in nächster Nähe der Geschehnisse des Creux du Van.

Dieser Roman entstand, nach mehrjährigen Recherchen in Büchern und Internet, bei Besuchen in Museen und ehemaligen keltischen Ausgrabungsorten im Inn und Ausland. Er ist gewidmet, in Liebe zu dieser Region Neuenburg und ihren herzlichen und freundlichen Bewohnern.

Max Kocan

Der Goldschatz der Helvetier

Der Grösste, je gefundene keltische Goldschatz in Europa!
Roman mit historischem Hintergrund

Roman

Edition Kettberg

Bibliografische Information der Deutschen Nationalbibliothek:
Die Deutsche Nationalbibliothek verzeichnet diese Publikation in der
Deutschen Nationalbibliografie; detaillierte bibliografische Daten sind im
Internet über http://dnb.dnb.de abrufbar.
Die automatisierte Analyse des Werkes, um daraus Informationen insbe-
sondere über Muster, Trends und Korrelationen gemäß §44b UrhG
(„Text und Data Mining") zu gewinnen, ist untersagt.

Lektorat: Ines Rameder, Zwettel, Österreich
Korrektorat & Inhaltsberatung: Elisabeth Kocan
Foto: Pedro Eric Boldt, Fretereules
Kartografie: Tamara Kocan, Reykjavik, Island
Blockdesign & Buchcover: Léonard Kocan, Zürich
Verlag: BoD · Books on Demand GmbH, In de Tarpen 42,
22848 Norderstedt
Druck: Libri Plureos GmbH, Friedensallee 273,
22763 Hamburg

ISBN: 978-3-7597-7864-2
Printed in EU

Pontarlier

←

La Chaux-de-Fonds

Engollon

Tunnel des
Hauts-Geneveys

La Tène

Neuenburg
archeologisches
Institut

Noiraigue

Ferme Robert

Creux du Van

Militär Flughafen Payern

Biel

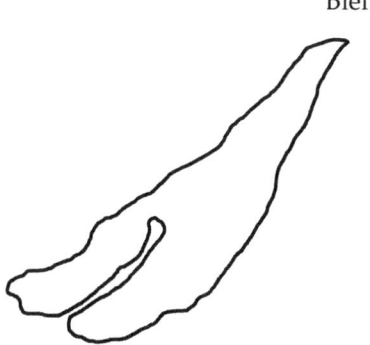

Bern

Mont Vuilly
Opidum

Praz

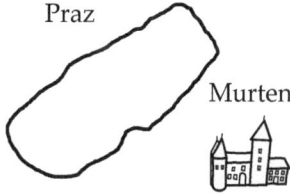

Flughafen Belp

Murten

N
▲

Schauplätze des Goldschatzes der Helvetier
Kartografie Tamara Kocan

SAMSTAGMORGEN

Jasmine Jacotet wanderte an einem wundervollen Frühlingstag Ende Mai mit ihrem Golden Retriever-Weibchen Goldy durch das Naturschutzgebiet Creux du Van, unweit der Gaststätte «La Ferme Robert».

Es war samstagmorgens, 9 Uhr, und die Luft war trotz der frühen Stunde bereits angenehm warm. «Komm, Goldy,» sagte Jasmine zu ihrem Hund, während sie am Fusse der mächtigen, 120 Meter hohen Wand entlangspazierte, «schauen wir uns die Steinböcke an – vielleicht haben wir Glück und sehen die ersten Geissen, die mit ihren Kitzen herunterkommen, um frisches Gras zu fressen. Nein, nein, du musst an der Leine bleiben!» Mehrmals blieb sie stehen und blickte mit ihrem Feldstecher an den hohen Abhängen entlang – nichts war zu sehen. Auch ihre Hündin blieb merkwürdig ruhig und schnüffelte rechts und links des schmalen Pfades.

Archäologisch war diese Gegend uninteressant, bis auf wenige Ausnahmen im Bereich der ersten Jäger, die in Höhlen vor ca. 50'000 Jahren in dieser Region gelebt hatten.

Hier konnte sie sich daher gut entspannen – keine Burgen oder andere bekannte Fundorte aus der Steinzeit waren noch zu entdecken. Also tote Hose und somit eine Erholung ihres Geistes und ihrer angeborenen Neugier! Sie hatte sich schon die ganze Woche darauf gefreut, endlich wieder einmal ausspannen zu können.

1)   Neuenburg, Kantonshauptort, gleichnamiger Schweizer Kanton
2)   Creux-du-Van, Gorgier, Noiraigue, westlich von Neuenburg,
      Eingangs Val-de-Travers

Jasmine war müde von der langen und anstrengenden Arbeit der vergangenen Wochen, in denen sie auch die Arbeiten der Studenten zu prüfen und verschiedene Projekte für sie vorzubereiten gehabt hatte.

Als Assistentin am archäologischen Institut der Universität Neuenburg – bei Professor Dr. Nicolas de Montmollin – hatte sie das Umfeld gefunden, das genau auf sie zugeschnitten war. Ihre Tätigkeit erfüllte sie vollkommen, weshalb sie trotz des Stresses glücklich und zufrieden war.

Ihr Freund Marcus war für zwei Monate in Australien, um als zukünftiger Tierarzt seine Masterarbeit über Kängurus abzuschliessen. «Field studies» hatte er das genannt …

Sie vermisste ihn sehr, genoss seine Abwesenheit jedoch trotzdem in gewisser Weise. In dieser Zeit konnte Jasmine sich vielen anderen Dingen widmen, die sonst eher zu kurz kamen.

Zu dem kleinen Schmerz in ihrer Brust über das Fehlen ihres Freundes gesellte sich nun ein leichtes Hungergefühl. Jetzt war wohl der Moment gekommen, an die Felsen gelehnt ein Sandwich zu essen und geduldig auf die Steinböcke und deren Kitze zu hoffen. Gesagt, getan, ging sie in Richtung einer kleinen, von trockenem Moos überwachsenen Erhöhung in der Nähe der Wand, warf jedoch einen Sicherheitsblick nach oben. Die Wand war überhängend und stellte somit für Jasmine und ihren Hund keine direkte Steinschlaggefahr dar. Oben angekommen, liess sie sich auf ihrer Jacke nieder und begann das Picknick kunstgerecht auf einem mitgebrachten Küchentuch auszubreiten. Sie hielt inne, um sich ihre langen brünetten Haare zu einem Pferdeschwanz zu binden, der bei jeder ihrer Bewegungen hin und her wippte und die Jugendlichkeit ihres zarten Alters von 26 Jahren unterstrich. Ihr langer Hals verlieh ihr ein edles Aussehen, und manch ein Mann drehte sich ungewollt um, wann immer sie in der Nähe weilte.

Sie hatte die Angewohnheit – auch draussen in der Natur –, ihr Essen mit Stil und Würde zu sich zu nehmen. Daher widmete sie sich ihren Mahlzeiten stets ohne Stress und ohne Hetze, ob allein oder in Begleitung. Ihre Kolleginnen meckerten gerne zu diesem Thema, bewunderten

Jasmine jedoch im Stillen. Sie hatte eine gewisse Klasse und war doch bodenständig und standhaft in allen Belangen.

Goldy schwänzelte wie wild, während sie auf ihre Mahlzeit wartete, die natürlich nie fehlen durfte. Die Temperatur nahe am Felsen war für die Jahreszeit bereits äusserst angenehm und ein wohliges Gefühl breitete sich in Jasmine aus. Sichtlich glücklich suchte sie von Zeit zu Zeit weiter die gegenüberliegenden Hänge mithilfe ihres Feldstechers ab, um nach Tieren Ausschau zu halten.

Sie stellte fest, dass die kleine Mahlzeit hier oben weit besser als allein zu Hause schmeckte, und genoss diesen einmaligen Moment, umgeben von herrlicher, unberührter Natur.

«Na, Goldy, gönnen wir uns noch ein kleines Nickerchen hier in der wärmenden Sonne?» Es war der ideale Ort dazu – die Stille hier war eindrucksvoll und wohltuend. Sie streckte sich auf dem weichen, trockenen Moos aus, bis sie bequem lag, und stützte ihren Kopf auf einen zusammengerollten Pulli.

Doch bereits nach wenigen Sekunden anderte Jasmine nochmals die Position ihres Kopfes, da ihr ein Lüftchen ständig in den Nacken blies. Sie drehte sich und wickelte ihren Schal um ihren Hals. Doch in kürzester Zeit wurde ihr wieder zu warm und sie nahm ihn wieder ab. Jasmine fand keine Ruhe und wunderte sich über diesen kalten Luftzug. Er kam nicht von oben, nicht von der Wand her und auch nicht von der Seite. Plötzlich war sie wieder hellwach und suchte die störende Quelle kalter Luft mit der Hand rund um ihren Kopf zu eruieren. Gerade seitwärts unter ihrem Nacken kam die Kälte zwischen dem Moos hervor. Wie seltsam! Sie richtete sich auf und bohrte mit den Fingern im Moos, wobei sie diese feuchte Kälte an ihren Fingern spürte. Jasmine wäre nicht Jasmine gewesen, hätte dies nicht ihre Neugier geweckt, und sie begann die untere Schicht von kleinen und grösseren Steinen abzubauen, um der Sache auf den Grund zu gehen. Plötzlich hielt sie inne, schüttelte den Kopf und murmelte: «Was soll das, bin ich schon so von Adrenalin vollgepumpt, dass ich jetzt Zugänge zu Felsspalten freilege? Bin ich Höhlenforscherin, oder was?»

Goldy hatte sich inzwischen ebenfalls erhoben und begann tatkräftig in dem kleinen Loch zu scharren. «Also gut», sagte sich Jasmine und schob den Hund ein wenig zur Seite, um ihre Grabung wieder aufzunehmen. Sie hatte Zeit, um dieser Sache auf den Grund zu gehen. Merkwürdig schien nur, dass die Erde und Steinchen sich bewegten und nach und nach ins Innere des kleinen, ausgebuddelten Lochs fielen, wo sie sozusagen vom dunklen Untergrund verschlungen wurden. Was befand sich wohl darunter? Ein kleiner Leerraum, eine Spalte oder sogar eine Höhle?

Kaum hatte sie diesen Gedanken zu Ende gebracht, stürzte sie, ohne jegliche Anzeichen bemerkt zu haben, getragen durch eine grosse Ladung von Steinen und Geröll, in die Tiefe. Jasmine erschrak enorm und schrie kurz auf. Sie fiel steil ins kühle und feuchte Dunkel hinunter, schlug sich irgendwann ihren Kopf an und verlor ihr Bewusstsein.

So lag sie da, am Grunde einer Art Höhle in ca. 10 Metern Tiefe, zum Teil noch mit Geröll zugeschüttet. Sie bekam von all dem nichts mit, atmete jedoch tief und fest.

Nach kurzer Zeit schaffte es Goldy, auf der steil abfallenden Geröllhalde zu ihr zu gelangen und begann intensiv ihr Gesicht zu lecken. Bereits nach wenigen Sekunden kam Jasmine zu sich und erblickte im schwachen Licht ihren lieben Hund. Mit einiger Anstrengung konnte sie sich einigermassen vom Geröll befreien und begann kurz darauf, all ihre Gliedmassen zu kontrollieren. Zum Glück war nichts gebrochen, verstaucht oder gequetscht, sie konnte sich sogar komplett aufrichten. Ihr Kopf dröhnte zwar noch etwas, jedoch war sie froh, diesen Sturz ohne grösseren Schaden überstanden zu haben. Sie sah sich um und fröstelte. Zum Glück lag wenige Meter neben ihr der Rucksack, aus dem sie die Taschenlampe, die sie immer mit sich führte, und ihren Pulli zog. Auch die Jacke lag ein wenig weiter oben, und mit etwas Anstrengung erwischte sie diese ebenfalls und streifte sie über. Das Mobiltelefon war auch noch intakt, doch in diesem Loch hatte sie keinen Empfang. Jasmine steckte es wieder zurück in ihren Rucksack und erschauerte. Für wenige Augenblicke spürte sie ein Kribbeln in ihrem ganzen Körper und die Härchen an ihren Armen stellten sich auf. Wenige Zentimeter neben ihr lag ein menschlicher Schädel! Jede andere Frau wäre nun zu Tode erschrocken und hätte geschrien. Doch für Jasmine war dies als Archäologie-Assistentin «Daily Business», und sie war jetzt hellwach! Vor lauter Neugier vergass sie alles um sich herum und leuchtete mit ihrer Taschenlampe in alle Richtungen der Höhle. Sie schaute nach oben und erblickte das etwa einen Meter breite Loch und darüber den blauen Himmel. Die Halde von Geröll, Erde und Schutt hatte eine Neigung von etwa 35 Grad. Somit schien es kein Problem zu sein, später wieder zurück ans Tageslicht zu steigen. Dies erleichterte Jasmine ungemein und sie begann sich weiter umzusehen.

Ihr Blick schweifte wieder zurück zum Schädel und sie nahm ihn in die Hände, um mit einem fachmännischen Blick festzustellen, dass dieser sehr alt war. Am Boden, unter viel Schutt und feinem Sand, lagen weitere Knochen und Schädelfragmente. Es schien sich dabei, um über ein Dutzend menschliche Schädel zu handeln, und unmittelbar daneben erblickte Jasmine ein fast vollständiges Skelett. Es hätte im Moment keinen Sinn ergeben, wissenschaftlich analytisch vorzugehen oder gar eine Inventur der Fundstellen der Knochenfragmente vorzunehmen. Viel wichtiger war jetzt, dass nichts mehr berührt oder durch Unvorsichtigkeit verschoben oder zertreten und somit für immer vernichtet wurde. Deshalb nahm Jasmine ihre Goldy sofort wieder an die Leine und band die Hündin an einem grösseren Stein fest. Danach machte sie mittels ihres Mobiltelefons mehrere Fotos, um sie ihrem Professor zu zeigen. Da kam, da war sie sich mehr als sicher, eine Menge Arbeit auf das archäologische Institut zu.

Weiter hinten befand sich, leicht erhöht und dennoch gut erreichbar, eine etwa fünf Meter hohe Felsspalte. Zu dieser hin führte, gut sichtbar, ein Zugang. Jasmines Neugier war riesig, weshalb sie sehr vorsichtig einige Meter ins Innere des Berges vordrang. Gleichzeitig erfasste sie mit dem Strahl ihrer Lampe dutzende von Knochenfragmenten und weitere Schädel. Dieser Teil der Höhle war trocken und mit Staub belegt. Der schmale Weg dahinter stieg nur leicht an und war keinen Meter breit. Die kalte Luft kam vom Inneren des Berges, und Jasmine ging nach wenigen Metern um einen grossen Stein herum. Sie leuchtete mit ihrer Taschenlampe nach oben, wo sich eine Kaverne noch weiter nach hinten öffnete. Im selben Moment stolperte sie plötzlich über Gegenstände, die am Boden lagen. Sie fluchte unwillkürlich leise auf. Als sie den Schein der Taschenlampe über den Boden gleiten liess, nahm die Erregung über das Unerwartete jedoch überhand und sie rief laut und deutlich in die Höhle:

«Das gibt es doch nicht, ich habe mir meinen Kopf wohl vorher zu fest angeschlagen!» Sie kniete sich hin, während sie sich die Taschenlampe völlig unkonventionell in den Mund steckte und die nähere Umgebung ableuchtete.

Daraufhin wühlte sie in dem Gemisch von Geröll, Sand und Staub und hatte in kürzester Zeit ein Dutzend Leuchter, Schmuck aller Art, Gefässe und andere Gegenstände frei gebuddelt. Sie schrie: «Gold, Gold und nochmal Gold!» Ihr Puls war nun auf 180 und sie buddelte zusätzlich noch zahlreiche lose Edelsteine frei. Mehrere kleine Haufen von Münzen in allen Grössen lagen, wie geordnet, einfach da. Jasmine bespuckte das eine oder andere Gefäss und wischte die Stellen danach trocken. Es glänzte und funkelte wie verrückt vor ihr. Nach ungefähr zehn Minuten hielt sie inne und blickte all diese Fundgegenstände ehrfürchtig und mit grossem Respekt an. Überall weiter hinten sah sie weitere kostbare Gegenstände. Da hinten mussten noch ganze Wagenladungen davon liegen – eine Unmenge an Fundstücken. Sie wusste nun instinktiv, dass es ihr beschieden war, den grössten, je in der Schweiz entdeckten antiken Schatz gefunden zu haben. Ihr Gesicht strahlte und Tränen der Freude liefen an ihren Wangen hinunter. Es gab kein Halten mehr und sie zitterte am ganzen Körper, während sich eine immense Freude in ihr ausbreitete. Sie machte von ihrem Standort aus noch weitere Fotos und freute sich jetzt schon auf die zu erwartenden, erstaunten Blicke ihres Professors. «Na, der wird überrascht und erfreut sein», murmelte sie vor sich hin. An etwas anderes dachte sie nicht, zu sehr freute sie sich über all diese Entdeckungen! Als Wissenschaftlerin der Archäologie war sie völlig immun gegenüber Wertgegenständen wie Edelsteinen, Gold oder anderem. Sie kannte die Bedeutung von Mein und Dein schon aus der Erziehung durch ihre Eltern. Jeder, der Jasmine persönlich gegenüberstand, sah in ihren klaren, grünen Augen ihre Ehrlichkeit. Sie war schon immer eine Freundin gewesen, der man alles anvertrauen konnte und von der man nie enttäuscht wurde. In den Kreisen ihrer Freundinnen und Freunde war ihre Hilfsbereitschaft in allen Lebenslagen legendär, und niemand hatte je gehört, dass sie auch nur einen Feind hätte. Jasmine eben …

Nun nahm sie einen Block und Kugelschreiber aus ihrem Rucksack und schrieb eine nummerierte Liste, in zwei Exemplaren, der Dinge, die sie zur Untermalung der Präsentation dieses Fundes für ihren Professor mitnehmen wollte. Sie wählte fünf Gegenstände, einen Edelstein sowie eine Goldmünze aus und fotografierte und notierte alles minutiös. Danach unterschrieb sie beide Exemplare, versah diese mit Datum und Uhrzeit und liess eines als Quittung gleich neben der Entnahmestelle, blockiert unter einem Stein, zurück. Anschliessend verpackte sie alles in ihrem Rucksack und machte sich bereit, zusammen mit ihrem Hund den Weg zurück an die Oberfläche in Angriff zu nehmen.

Oben angekommen, sah sie sich erst vorsichtig um, um sicherzustellen, dass niemand ihren Ausstieg beobachtete, und ging dann direkt zum nahen Wald, um Holz und Moos zu holen. Sie musste den Einstieg zu dieser Höhle wieder gut verschliessen, um ihn vor Neugierigen zu schützen.

Es gab einige alte Tricks, die Archäologen immer dann anwendeten, wenn Funde den Blicken der Allgemeinheit entzogen werden mussten. Nach einer Viertelstunde hatte sie dies geschafft und wanderte zurück in Richtung Parkplatz. Jasmine war nun äusserst aufgeregt und nervös, blickte immer wieder zurück und hoffte, dass niemand sie, auch nicht aus grosser Distanz mittels eines Feldstechers, aus der Höhle hatte kommen sehen. «Mein Gott», dachte sie, «das wäre mehr als eine riesige Katastrophe.»

Übermorgen – am Montagmorgen – wollte sie bereits bei ihrem Professor vorsprechen. Bis dahin würde sie mit niemandem darüber reden. Denn ihr war klar, dass es sich hier um ein Staatsgeheimnis handelte und sie dieses kapitale Ereignis mit keiner anderen Person teilen konnte.

WENIGE WOCHEN ZUVOR

In der Gaststätte La Ferme Robert sass ein Mann mit wallenden langen weissen Haaren, einem ebenso weissen, prächtigen Schnurrbart und ausdrucksvollen, blauen Augen bei seinem geliebten Glas Neuenburger Weisswein.

In dieser doch eher kleinen und düsteren, aber freundlichen Gaststube sass er eigentlich jeden Tag – vorausgesetzt, das Lokal hatte geöffnet. Er war ein bekanntes Original der Gegend und wohnte allein unterhalb im Tal, im Dörfchen Noiraigue. Sie nannten ihn den 1)«Druiden» und nicht bei seinem normalen Namen Jean Biels. Alle hier in der Gegend, sowohl Einheimische als auch unzählige Touristen, hatten schon dutzende Male seine verschiedenen Erzählungen und Sagen über die alten 2) «Helvetier» gehört. Er galt als Sonderling, und doch war er irgendwie einer der ihren.

Niemals war je etwas Böses über ihn erzählt worden, doch seine ehemalige Frau war schon vor Jahren auf und davon und man hatte nie mehr etwas von ihr vernommen.

Gemäss einem Gerücht sollte sie, nach kinderloser Ehe mit dem Druiden, ihr Glück und auch Familie im Baskenland gefunden haben. Der Verlust seiner Frau hatte ihn aus der Bahn geworfen, woraufhin er auch seinen Job in einer mechanischen Werkstätte des Dorfes verloren hatte und zum Sozialfall geworden war.

---

1) Nach Gaius Julius Caesar waren die Druiden Angehörige der Adelsschicht, die sich dem Studium der Philosophie und Religion widmeten und in der keltischen Gesellschaft die Rolle des Priesterstandes innehatten.

2) Die Helvetier waren ein keltischer Volksstamm, der im 1. Jahrhundert v. Chr. im heutigen schweizerischen Mittelland sowie in Südwestdeutschland siedelte.

Von da an war er jeden Tag etwa eine knappe Stunde zu Fuss zur Ferme Robert gegangen, doch jetzt, mit über 75 Jahren, nahm ihn jeden späten Morgen der Postbote mit hoch. Zurück hinunter schaffte er es noch immer, wenn auch des Öfteren mit zu viel Kurvenöl.

Mit Beharrlichkeit wartete er tagtäglich auf die ersten Wandertouristen, um in französischer Sprache, oder auch in charmantem Deutsch mit französischem Akzent, eine seiner Lieblingsgeschichten über die Helvetier zu erzählen.

Sein Lieblingsplatz war der runde Tisch gleich rechts vom Eingang mit dem Stuhl in unmittelbarer Nähe des alten Kachelofens. In den kalten Tagen war dieser Kachelofen geheizt und die wohltuende Wärme tat seinen alten Knochen gut.

Meistens wurde ihm schon bald nach Beginn seiner Erzählungen ein
1) «Ballon Blanc» offeriert, wodurch seine Zunge gelöster und seine ausgeschmückten Geschichten noch schöner und fantasievoller wurden.

An diesem Tag jedoch, gerade, als er den ersten Touristen anpeilte und den ersten Versuch startete, eine Geschichte anzubringen, wurde ihm bewusst, dass sein Gegenüber, ein äusserst sportlicher und gut gekleideter Mann – in den mittleren Jahren – sehr gebildet und hochintelligent war.

Sie wechselten einige belanglose Worte, doch er bemerkte ziemlich schnell, dass beide trotz ihres Bildungsunterschiedes das Interesse an historischen Geschichten teilten und ungefähr auf der gleichen Wellenlänge waren. Somit gab er sich noch mehr Mühe als sonst und begann seine Erzählung ohne Schnörkel oder theatralische Untermalung. Es war das erste Mal seit Jahren, dass er sich mit einem Kaffee statt seinem Ballon Blanc zufriedengab. Irgendetwas sagte ihm, dass sein Gegenüber gewaltig mehr über die Geschichte der Helvetier wusste, als er zugab. Der Druide sollte recht behalten.

1)   1 dl Neuenburger Chasselas-Weisswein

Er begann nun seine Erzählung, indem er seine Stimme dämpfte und genau in die Augen seines Gegenübers sah:

«Vor langer, langer Zeit, circa im Jahre 59 vor Christus, trugen sich hier, in unmittelbarer Nähe zu diesem Gasthaus, mit grösster Wahrscheinlichkeit historisch wichtige Geschehnisse zu.

Mein Ururururururgrossvater keltischen Ursprungs – gemäss unserer Ahnentafel mindestens in der 85. Generation – wurde Zeitzeuge eines wahrlich einmaligen Ereignisses. So wurde mir dies von meinem Vater überliefert.»

Die Augen des Druiden funkelten, er war so aufgedreht und enthusiastisch wie nie zuvor. Die Spannung im Gesicht seines Gegenübers war deutlich erkennbar, was ihn animierte, sein Bestes zu geben.

«Mein Vorfahre im Jahre 59 vor Christus war, gemäss der Überlieferung, ein alemannischer Sklave namens «Adolar», der irgendwann und irgendwie in die Hände eines helvetischen Adligen fiel.

Auf Adolars rechter Backe befand sich ein Brandmal, welches ihn als Sklave kennzeichnete und ihm eine Flucht aus dem helvetischen Stammesgebiet unmöglich machte.

Wir wissen alle, dass beispielsweise die Helvetier, wie auch alle anderen Keltenstämme, keine eigene Schrift für die Niederschreibung kannten und nur gewisse Adlige es sich leisten konnten, Schrifttafeln in griechischer oder römischer Schrift durch Gelehrte herstellen zu lassen. Somit wurden Geschichten wie diese von Generation zu Generation nur mündlich weitererzählt.»

Sein Gegenüber nickte und sah den Druiden freundlich an. Nun gab es kein Halten mehr – alle Dämme schienen gebrochen und seine wallenden Haare und sein Schnurrbart standen ihm fast zu Berge. Er war voll in seinem Element, und sein Gesicht begann sich langsam, aber sicher zu röten, während er sich förmlich in die Erzählung stürzte:

«Woher und wie Adolar zum Creux du Van kam, wissen wir nicht. Dies ging, wie viele andere Details, in den Annalen verloren. Man erzählte sich, dass Adolar bei einem Transport mit Ochsenwagen voller

Kisten mehrere Wochen lang mit vielen anderen Wagen, Soldaten und Sklaven unterwegs war und gemeinsam mit ihnen den beschwerlichen Weg auf sich nahm. Dieser gemeinsame Treck führte sie irgendwann über eine 1) Brücke am Ausfluss des ‹Grossen Sees›, wahrscheinlich beim heutigen Zihlkanal bei Thielle am Neuenburger See, den sie mit den schwer beladenen Wagen überqueren mussten. Einige der Ochsenwagen brachen ein und verschwanden in kürzester Zeit mit Menschen und Tieren im Wasser und dem wenige Meter darunterliegenden Schlick.

Die Überquerung soll sich um mehrere Tage verzögert haben, bis die Brücke repariert wurde und die Ochsenwagen mit weniger Beladung darüberfuhren.

Wenige Tage später und wiederum unter Verlust von einigen Männern, die den grossen Strapazen und dem riesigen Aufwand nicht gewachsen waren, erreichten sie den Zielort, den Canyon Creux du Van, oberhalb vom heutigen Noiraigue, im Val-de-Travers, westlich von Neuenburg.

Dort angekommen, begannen die Sklaven ihre Wagen abzuladen und die Kisten ins Innere einer Höhle zu schaffen, zu deren Lage jedoch keine Angaben bestehen.

In jener Zeit befand sich dort oben nur eine Art Berghütte, die in den Sommermonaten von Jägern genutzt wurde. Adolar wurde zum Brennholzbeschaffer bestimmt und musste dieses in die Berghütte bringen und Feuer machen.

1) Brücke am Zihlkanal bei Thielle, am Neuenburger See, Kantonsgrenze zwischen Bern und Neuenburg, gleichzeitig auch Sprachgrenze Deutsch/Französisch. «Laténium» ist das kantonale archäologische Museum im Schweizer Kanton Neuenburg. Es ist nach der Fundstelle La Tène am Neuenburger See benannt und liegt am Seeufer in Hauterive in unmittelbarer Nähe von Neuenburg.

Er suchte gleich gegenüber im Wald trockenes Holz und brachte seine auf dem Rücken befestigte Fuhre zur Berghütte. Bei seinem Eintreten bemerkte er, dass fünf Stammesführer verschiedener Stämme bereits anwesend waren und zusammen Rat hielten. In all den Jahren war er nie so nahe an einen, geschweige denn an mehrere Stammesführer gelangt. Keiner warf auch nur ein Auge auf ihn und sie liessen sich durch seine Anwesenheit nicht stören.

Nachdem das Feuer richtig brannte, schickte man ihn wieder zurück zur Höhle, um den anderen beim Abladen zu helfen. Auf seinem Weg erblickte er noch weitere, in der Zwischenzeit angekommene Wagen, alle beladen mit Kisten. Soldaten waren nur wenige dabei, dies war seit der Abreise aus seinem Stammesgebiet so.

Als Sklave kannte er die Zusammenhänge und den Grund dieses Transportes nicht. Sein täglicher Umgang mit Personen, seine Aufgaben sowie wahrscheinlich auch fehlende Kenntnisse der keltischen Sprache und seine Unwissenheit gaben ihm keine Möglichkeiten, irgendwelche Schlussfolgerungen zu ziehen.

Am zweiten Tag gegen den späten Nachmittag war die Verladung der Kisten in der Höhle fast beendet und die Aufseher mahnten zur Eile.

Adolar, der zwischendurch im Innern der Höhle mithalf, wurde Zeuge, wie an diesem späten Nachmittag, durch Unbedacht eines anderen Sklaven, eine der letzten Kisten beim Aufeinander laden hinunterfiel und aufbrach, wodurch viele Gegenstände herausfielen. Da einer der zwei Sklaven schrie, dass es sich um Gold handelte, und sogar einen Goldkelch in die Hand nahm und fasziniert anstarrte, wurde er, wie auch der zweite, von einem Aufseher augenblicklich erschlagen. Adolar, der weiter vorne in Richtung Höhleneingang stand, hatte sich instinktiv hinter einen grossen Stein geduckt und bekam alles unentdeckt mit.

Der Soldat hatte ihn nicht erblickt, doch Adolar machte sich dennoch sofort auf den Rückzug in Richtung Höhlenausgang.

Durch seinen Sonderstatus als Holzbeschaffer kam er schnell und unauffällig auf dem halben Weg zurück Richtung Alphütte und blieb unbehelligt. Das, was er soeben erlebt hatte, machte ihm unheimlich Angst.

Er wusste instinktiv, dass nach Beendigung der Kistenverladung in die Höhle der Tod auf alle wartete. Die mysteriösen Stammesführer hatten bei ihm bereits Unruhe ausgelöst, und die grosse Brutalität durch den Soldaten brachte ihn komplett durcheinander, sodass er am ganzen Leib zitterte. Nicht umsonst waren nur so wenige Soldaten zur Bewachung hier, dachte er. Ihm wurde bewusst, dass er selbst auch um sein Leben fürchten musste, und er geriet mehr und mehr in Panik.

Er schlug sich seitwärts in die Büsche und begann quer durch den Wald hinauf in Richtung Berg zu klettern. Keiner der Soldaten hatte seine Flucht bemerkt, da sie ihn bereits in der Hütte glaubten. Er kletterte und kletterte und blickte nicht mehr zurück. Er bewegte sich zuerst parallel zur Felswand, geschützt durch grosse Sträucher und Bäume, und danach im steilen Gelände wieder weiter aufwärts steil den Hang hinauf. Es wurde immer steiler, doch er war in kürzester Zeit hinter der kleinen Felswand über eine Krete geklettert und stieg nun weiter hinauf. Als kräftiger Sklave war dieser steile Aufstieg für ihn kein grosses Problem und er entschwand in der Wildnis.

Wahrscheinlich wurde nie nach Adolar gesucht, da zu viel Zeit vergangen war, bis seine Abwesenheit schlussendlich bemerkt wurde.»

Der Druide machte eine Kunstpause, atmete einmal durch, strich sich durch seinen gewaltigen weissen Schnauzer, indem er ihn an den Enden durch seine Finger zog, und fuhr mit seiner Erzählung fort:

«Alle waren sich sicher, dass ein Sklave mit solch einer Markierung auf seinem Gesicht früher oder später nach alter Sitte, mehr tot als lebendig, wieder zu seinem Besitzer zurückgebracht werden würde. Es war üblich, bei solcher Gelegenheit den Betreffenden, der dies vollbrachte, mit einer Belohnung zu entschädigen. Viele entlaufene Sklaven waren gezwungen, für immer in der Wildnis zu leben und sich weit weg von menschlichen Siedlungen niederzulassen.

Adolar war nun auf sich selbst gestellt, doch immer noch am Leben!
Er war nicht verzweifelt, da er genug Lebenserfahrung hatte, um diesem neuen Abschnitt, der für ihn alles änderte, furchtlos und mit Zuversicht zu begegnen.

Schon nach wenigen Tagen, weit oberhalb des Canyons, geschützt hinter einigen Bäumen, richtete er sich eine primitive Hütte ein. Er war geschickt im Fallenstellen und wusste, welche Steine man brauchte, um Feuer zu entfachen.

Mitte Sommer war er innerlich bereit, trotz der vergangenen Geschehnisse nochmals zur Jagdhütte hinunterzusteigen und sich umzuschauen. Vor Sonnenaufgang pirschte er sich stundenlang vorsichtig durch den dichten Wald und gelangte noch vor Mittag in diese Talsohle in unmittelbarer Nähe der ehemaligen Jagdhütte. Diese war niedergebrannt und bereits in nächster Umgebung waren Pfähle in den Boden gerammt worden, die mit ausgetrockneten Köpfen bestückt waren. Er erschrak nur leicht, da er dies schon mehrere Male gesehen hatte. Die Kelten hatten im Allgemeinen die Angewohnheit, die Häupter ihrer toten Feinde auf diese Weise aufzuspiessen und sich so Ruhm und Respekt zu verschaffen und gleichzeitig böse Geister abzuschrecken. Adolar kannte die Bedeutung dieser Machtdemonstration und hatte nicht den Mut, weiter in dieser Umgebung zu verweilen. Er verbeugte sich sogar leicht, als eine Art Ehrenbezeugung, und trat sofort den Rückzug an. Ohne auch nur zurückzublicken oder noch weiter zu sinnieren, kletterte er wieder zurück in die Höhe. In Zukunft würde er es lassen, sich weiterhin Gedanken über die Höhle zu machen, zu gross waren sein Respekt und seine ausgeprägte Unterwürfigkeit. Die abschreckende Wirkung der aufgespiessten Köpfe war für ihn ein Zeichen, das ihn für sein gesamtes restliches Leben davon abhielt, jemandem von seinem eindrücklichen Erlebnis zu erzählen.

Einige Monate später – wir zählen 59 vor Christus – war Adolar immer noch auf dem Hochplateau. Er wollte noch einige Zeit versteckt bleiben und vielleicht eines Tages ins Tal hinuntersteigen. Er wunderte sich, dass er das ganze Jahr über nie jemandem begegnete oder irgendwelche menschliche Spuren sah.

Wiederum ein Jahr später, wir zählen 58 vor Christus, streifte Adolar wie so oft an einem schönen und lauen Frühlingstag durch die umliegenden Wälder. Seit dem frühen Morgen bemerkte er, dass die Luft von beissendem Rauch durchzogen war und dunkle, dichte Schwaden über ihn herzogen. Das Atmen fiel ihm schwer, sein Rachen brannte und er musste des Öfteren husten. Waldbrände waren zu jener Zeit nichts Ungewöhnliches, jedoch konnte er sich nicht erinnern, diese jemals im Frühjahr bemerkt zu haben. Je länger er darüber nachdachte, desto mehr weckte dies seine Neugier. Er stieg daher bis an die oberste Bergkante des Hochplateaus, wo er schon öfters die einmalige Rundsicht auf den grossen See bewundert hatte.

Oben angekommen, sah er bis zu den Wäldern weit hinter dem See und sogar zu den dahinterliegenden mächtigen Alpen. Jetzt gegen Mittag erblickte er, zwischen riesigen schwarzen Wolkenschwaden auf der gegenüberliegenden Seite des grossen Sees, Dutzende von Feuersbrünsten, die gut sichtbar auf einer riesigen Fläche loderten. Später, nach Einbruch der Dunkelheit, als auch mehr Wind aufkam, wurde alles gespenstisch, doch die Sicht um einiges besser, und er erschauerte bei der riesigen Anzahl von Feuerherden, die sich bis zum Horizont ausbreiteten. Dies waren Feuer in Distanzen von mehreren Tagesmärschen. Er war sich sicher, den Grund hierfür zu kennen – es handelte sich um einen gewaltigen und zerstörerischen Krieg riesigen Ausmasses. Noch nie hatte er irgendetwas in dieser Art gesehen. Ihm wurde kalt und er rannte zitternd wieder zurück auf das unter ihm liegende Hochplateau. Es war ihm klar, dass er jetzt besser hier oben blieb und sich weiterhin versteckte. Angesichts dessen, was er soeben mit eigenen Augen gesehen hatte, bekam er Todesangst und brauchte Stunden, bis er wieder einigermassen denken konnte.

Nach diesem für ihn einschneidenden Vorfall, der ihn sehr beunruhigte, ging er einen Tag später – seine Neugier war stärker als seine Angst – zurück bis zur Krete des Berges und bemerkte, wie auch an den folgenden Tagen, dass die Brände mehr und mehr zurückgingen und schlussendlich nicht mehr zu sehen waren. Danach wurden die Abstände seiner Aufstiege zur Krete grösser und mit der Zeit dachte er nur noch sporadisch an dieses Ereignis.

Im Spätsommer desselben Jahres, an einem besonders schönen Tag, hatte ihn die Neugier erneut gepackt und er stieg einmal mehr hinauf zur Krete, um Ausschau zu halten.

Die Sicht war klar wie selten und er bemerkte mit Erstaunen, dass heute Morgen mehrere Dutzend Flösse von Westen nach Osten unterwegs waren. Noch nie in den letzten Monaten – von den letztjährigen Bränden abgesehen – hatte er irgendetwas gesehen, was ihn da oben länger verweilen liess.

Im ersten Moment dachte er, dass wiederum ein neuer Krieg bevorstand und ein anderes Volk in die Gegend einfiel. Alles wirkte zwar friedlich, doch die Distanz war zu gross, um irgendetwas zu hören, geschweige denn im Detail zu erkennen. Kein Laut drang bis zu ihm hoch. Er, der einige hundert Meter nördlich des Sees zuschaute, hielt sich bedeckt, obwohl er aus dieser Distanz keine einzelnen Menschen ausmachen konnte. Dies beruhigte ihn zutiefst, weshalb er sich schwor, irgendwann in den nächsten Monaten wieder Kontakt mit Menschen aufzunehmen, um sein Einsiedlerleben abzuschliessen.»

Der Druide räusperte und streckte sich ein wenig. Nach über einer halben Stunde des Erzählens war sein Rachen trocken und sein Gegenüber bestellte ihm nochmals einen Kaffee.

Der Wandertourist stellt sich vor

Nun stellte sich sein Gegenüber vor. Er war ein Schriftsteller namens Heinz Baltiger aus Solothurn und hat in der Vergangenheit einige Romane geschrieben und veröffentlicht. Ausserdem schrieb er Artikel für verschiedene Zeitungen und Zeitschriften. Besonders die Helvetier hatten es ihm angetan, und über diese wollte er seit geraumer Zeit einen auf historischen Eckpfeilern, Berichten und Erzählungen beruhenden Roman schreiben.

Der Druide hatte schon zu Beginn ihres Gespräches festgestellt, dass der Schriftsteller sein Mobiltelefon auf den Tisch gelegt und in seine Richtung geschoben hatte. Er vermutete stark, dass er dieses als Aufnahmegerät aktiviert hatte. Als ob er darauf gewartet hätte, erklärte ihm Heinz Baltiger, dass er eine Aufnahme des vorangegangenen Gespräches gemacht habe. Diese diene ihm als Gedächtnisstütze. Er sei bereit, im Gegenzug finanziell etwas springen zu lassen, müsse jedoch in einigen Tagen nochmals vorbeikommen, um die in der Geschichte des Druiden enthaltenen, verschiedenen Bruchstücke dieser Überlieferung genauer zu analysieren und die Details gewissenhaft abzuklären. Sie vereinbarten einen gemeinsamen Termin für die übernächste Woche, am selben Ort.

Vorerst jedoch erzählte Heinz Baltiger von seinen bisherigen Romanen mit historischem Hintergrund und schilderte, ebenfalls äusserst enthusiastisch, weitere Einzelheiten aus seinem Fachgebiet.

Kurz darauf kam er ohne Umschweife wieder zurück auf die soeben gehörte Sage des Druiden und dessen Vorfahren Adolar:

«Ich bin überzeugt davon, dass dieser Adolar ein Zeitzeuge war, da er unbewusst Ereignisse, die vor über 2000 Jahren geschahen, weitererzählte, ohne deren Zusammenhang erkannt zu haben. Es handelte sich demnach nicht um einen, wie Adolar glaubte, Waldbrand einer immensen Ausdehnung, sondern um das Abbrennen der gesamten helvetischen Siedlungen um den 28. März 58 vor unserer Zeitrechnung, dem Tag des Auszuges der Helvetier und anderer Teilstämmen aus dem Einzugsgebiet der heutigen Schweiz und deren unmittelbarer Umgebung.

Der grösste Brand war zweifellos jener vom 1) Oppidum der 2) Tiguriner auf dem Hügel 3) Mont Vully gegenüber vom heutigen Murten.

Adolar hatte von seinem 4) Aussichtspunkt auf der Krete, oberhalb des Hochplateaus des Creux du Van, direkten Sichtkontakt über den See sowie östlich zu diesem Oppidum, ohne jedoch Details zu erkennen.

Dieses Abbrennen aller befestigten Siedlungen, privaten Hütten und Höfe im ganzen helvetischen Einzugsgebiet erfolgte auf Befehl der Stammesführer, die – in Anbetracht der beschlossenen Auswanderung – verhindern wollten, dass ihre Stammesangehörigen Rückkehrgelüste entwickeln konnten und somit den Auswanderungstreck wieder verliessen. Es handelte sich also um «verbrannte Erde», wie sie auch bei anderen ausgewanderten Völkern vorkam, um nichts Brauchbares an Habitablem oder auch landwirtschaftlich Nutzbarem zu hinterlassen.»

Heinz Baltiger fuhr sich durch die Haare, sah auf seine Uhr und erschrak sichtlich. «Schon Mittag – wie die Zeit vergeht. Leider muss ich nun gehen», meinte er. Er erhob sich, verabschiedete sich vom Druiden mit Handschlag und sagte:

«Wir sehen uns in zwei Wochen wie abgemacht! Ich freue mich jetzt schon auf unser Wiedersehen! Hier ist meine Karte, rufen Sie mich an, wann immer Ihnen noch etwas Wichtiges einfällt, das ich wissen sollte.

Ich werde noch weitere Recherchen und Abklärungen vornehmen. Sie werden sehen, das wird eine einzigartige Geschichte über den Schatz der Helvetier!»

Der Druide strahlte vor Glück.

1) Oppidum lat. für «befestigte Landstadt»
2) Die **Tiguriner** waren einer der vier Gaue des keltischen Helvetier-Stammes.
3) Oppidum auf dem Mont Vully, nördlich des Murtensees
4) Aussichtspunkt oberhalb des Creux du Van, Montagne de Boudry NE

ZWEI WOCHEN SPÄTER

Der Druide war bereits eine halbe Stunde früher als abgemacht vor Ort, da er dank einer Mitarbeiterin der Ferme Robert eine Mitfahrgelegenheit gefunden hatte. Er freute sich ungemein auf das Wiedersehen mit dem Schriftsteller und war gespannt auf dessen neuen Recherchen.

Eine knappe halbe Stunde später kam auch der Schriftsteller Heinz Baltiger in die Gaststube und erblickte bereits beim Eintreten den wartenden Druiden. Sie schüttelten sich die Hand und setzten sich an den gewohnten runden Tisch, gleich am Eingang zur Gaststube, neben dem Kachelofen. Der Schriftsteller bestellte die Getränke und sah entspannt in das Gesicht seines Gegenübers, das sichtlich ungeduldig auf die neuen Recherchen wartete.

Nach den üblichen Begrüssungsfloskeln und einem Austausch von Höflichkeiten kam Heinz Baltiger zur Sache.

In den vergangenen zwei Wochen hatte er, basierend auf seinen intensiven Nachforschungen und Einsichten in verschiedene Dokumente und Schriften aus der römischen Zeit sowie Publikationen diverser Historiker, eine Theorie entwickelt. Er legte eine Kunstpause ein und schaute den Druiden an, bevor er sagte: «Zusammengefasst, und wie von mir bei unserem ersten Gespräch bereits erwähnt, fallen die Ereignisse um Ihren Vorfahren, den Zeitzeugen Adolar, genau in die Zeit der Vorbereitung des Auszuges der Helvetier ab 61 vor Christus. Die zu dieser Zeit beschlossene Auswanderung der Helvetier und befreundeter keltischer Stämme wurde durch eine starke Minderheit, von einer Art oppositionellem Stammesführer namens 1) «Orgetorix», beschlossen und dem Rat der Helvetier mit aller Vehemenz vorgetragen.

---

1)   Doch der Druck durch die Alamannen (früher als *Alemannen* bezeichnet) nahm weiter zu. So beschlossen die verschiedenen Stämme der *Helvetier* um 61 v. Chr., auf Drängen des einflussreichen Adligen «**Orgetorix**» (ihm gehörten Hunderte von Bauernhöfen, zu seiner Entourage zählten tausende von Waffenträgern und viele dieser Menschen waren durch Schuldknechtschaft in seine Abhängigkeit geraten), nach Südwestfrankreich auszuwandern. *Orgetorix* geriet allerdings in

Verdacht, nach einer *Alleinherrschaft* über die *Helvetier* zu streben und wurde, nach Verurteilung durch den Rat der Helvetier, im Jahre 60 v. Chr. ermordet oder starb durch Freitod (unklar). Trotzdem hielten die Helvetier an der beschlossenen Auswanderung fest, verbrannten ihre Häuser und Vorräte, die sie nicht mitnehmen konnten, und brachen auf Richtung Genf, um dort die Rhône zu überqueren.

Erst nach einer Art Schauprozess gegen den Anführer dieser oppositionellen Gruppe und dessen mysteriösen Tod wurde der Auszug der Helvetier offiziell durch den Rat beschlossen und dessen riesige und umfassende Organisation beauftragt.

Grund für diese Auswanderung, sprich Völkerwanderung, waren wahrscheinlich grosse Überschwemmungen, hervorgerufen durch Gletscherschmelze, sowie Überbevölkerung, Hungersnöte und Konflikte mit ständig einfallenden Alemannen von der gegenüberliegenden Seite des Rheines.

Gemäss Niederschrift durch 1) Julius Caesar handelte es sich um einen Tross mit insgesamt 368'000 Menschen, die sich zuerst Richtung Genf und danach Richtung 2) Bibracte, im westlichen Burgund gelegen, bewegten. Diesen Auswanderungstross konnte der Zeitzeuge Adolar vom Aussichtspunkt hoch über dem Hochplateau des Creux du Van infolge der grossen Entfernung und gewaltigen Rauchschwaden nicht beobachten, weshalb er später immer wieder von Kriegshandlungen sprach. Viele Geschichten und vor allem die Niederschrift durch Julius Caesar belegen, dass grosser Reichtum in Form von Goldschmuck, Münzen und Edelsteinen von verschiedenen vorangegangenen Kriegszügen durch Adlige und reiche Stammesführer vorhanden waren. Es ist mit aller Wahrscheinlichkeit anzunehmen, dass grosse Teile dieser Schätze, vorausgehend der Auswanderung, in Sicherheit gebracht wurden. Es erscheint logisch, dass niemals die gesamten Schätze der verschiedenen Stämme in diesem Auswanderungstreck transportiert wurden. Die Gefahr des Verlustes durch unabsehbare Ereignisse war sicher mit zu hohem Risiko verbunden. Dass ein grosser Teil des Schatzes hier in der Gegend des Creux du Van, nicht allzu fern der damaligen helvetischen Stammeszentren, jedoch in der Nähe des vorgesehenen Durchzuges des Auswanderungstrecks in Sicherheit gebracht wurde, erscheint mir plausibel und nicht komplett aus der Luft gegriffen.»

---

1)   Römischer Staatsmann, Feldherr und Autor – siehe auch «Der Gallische Krieg», erschienen im C. Bange Verlag, oder auch Wikipedia

2) Bibracte, im westlichen Burgund gelegen, Nähe des heutigen Autun, Hauptstadt des gallischen Stammes der Haeduer, Schauplatz der Schlacht 58 v. Chr. – siehe auch www.bibracte.fr/de

Und weiterhin dozierte der Schriftsteller Heinz Baltiger auf seine eigentümliche, sachliche sowie begeisternde Art, wie manches, was Adolar widerfahren war, logisch erklärbar war und sich mosaikartig zu einem einzigartigen Ereignis von historischer Dimension zusammensetze. Schliesslich wurde seine Stimme sehr leise und er sah den Druiden eindringlich an.

«Sie haben ja sicher auch von anderer Seite die Geschichte gehört oder gelesen, die besagt, dass mehrere Schlachten gegen die Römer und ihre Verbündeten während dieses Auswanderungstrecks – die letzte bei Bibracte – dazu führten, dass die überlebenden sowie die nicht versklavten geschlagenen Helvetier der verschiedenen Stämme auf Geheiss von Julius Caesar in ihre abgebrannten, ehemaligen Siedlungsräume zurückgeschickt wurden.

Dies erfolgte, wie einige Historiker in verschiedenen Publikationen beschrieben, aus politisch und militärisch strategischen Überlegungen von Julius Caesar, um eine Art «Pufferzone» zwischen den alemannischen Stämmen nördlich des Rheins und den römisch besetzten gallischen Provinzen, südwestlich von Genf, wiederherzustellen.

Diese einige Monate später erfolgte Rückwanderung der geschlagenen und stark dezimierten Helvetier und ihrer befreundeten Stämme ins Mittelland der heutigen Schweiz mit nur noch 110'000 überlebenden Menschen muss Adolar teilweise mitbekommen haben. Denn er berichtete über Dutzende von Flössen, die, nicht sichtbar für ihn, von vielen Menschen genutzt wurden, die ihre Habseligkeiten dem See entlang transportierten.»

Heinz Baltiger räusperte sich und trank einen Schluck, um mit Begeisterung in seiner Stimme fortzufahren:

«Ich habe in den vergangenen Tagen viel nachgelesen und mache mir folgenden Reim zur Behauptung von Adolar bezüglich einer eventuellen Existenz eines Schatzes der Helvetier.»

«Verschiedene vermögende Adlige und Stammesführer der Helvetier, die in früherer Zeit bereits ansehnliche Vermögen an Kriegsbeute sowie aus Handel anhäuften, waren mit der Art und Weise der Vorbereitung zur bevorstehenden Auswanderung unzufrieden.

1) «Divico», der grosse, ruhmreiche und allgemein unumstrittene Oberbefehlshaber aller Helvetier, war in die Jahre gekommen und musste zu der Zeit von 61 vor Christus unserer Zeitrechnung bereits so gegen 80 Jahre alt gewesen sein.

Trotz seines Ruhmes und seines grossen Ansehens bei den Helvetiern sowie seines riesigen Einflusses in Verbindungen zu anderen gallischen Stämmen wünschten sich einige wenige, aber sehr einflussreiche Stammesführer einen Jüngeren für diese grosse Aufgabe. Eine solche Entscheidung in Vorbereitung und Planung einer Auswanderung in dieser Grössenordnung und Bedeutung konnte unmöglich alle der Probanden zufriedenstellen.

Hier war vorhersehbar, dass manche dieser Adeligen, Stammesführer sowie weiteren wichtigen Persönlichkeiten der Helvetier und ihrer befreundeten Stammesgenossen nicht einer Meinung waren und sich im Machtgefüge gewisse Spannungen, Reibereien sowie Ansprüche aller Art bemerkbar machten. Auch ein Generationenkonflikt kann wahrscheinlich nicht ausgeschlossen werden.

Reiche und einflussreiche Persönlichkeiten innerhalb der helvetischen Stammesstruktur bangten um ihre Vormachtstellung und gruppierten sich um Orgetorix.

Orgetorix schürte die Unzufriedenheit, säte Zwietracht und wusste mit Intrigen und Geschick einen Teil der Stammesführer, um sich zu scharen. Dies entnahm ich wiederum der Niederschrift von Julius Caesar.

1)   **Divico** war ein Anführer des helvetischen Teilstammes der Tiguriner.

Genau in dieser Vorbereitungszeit versammelte er einige der ihm gut gesinnten und einflussreichsten, vermögendsten und eigenwilligsten Stammesführer um sich und überzeugte sie dank seines grossen Geschickes, diese Auswanderung gemeinsam für sich zu nutzen und gleichzeitig die zukünftige Machtaufteilung festzulegen. Natürlich ist dies nicht historisch belegt, jedoch offensichtlich, da Adolar von fünf Stammesführern sprach.

Orgetorix musste bereits im Frühstadium der Vorbereitung zum Auszug der Helvetier und somit vor seinem Ableben eine Art von Verschwörung mit diesen Oppositionellen in die Wege geleitet haben.

Um nicht nur leere Versprechungen von diesen Revolutionären zu erhalten, verpflichtete er sie sowie sich selbst, die Hälfte des Vermögens eines jeden Angehörigen dieses Stammes in Gold, Silber und Edelsteinen an einen Ort zu bringen, der nur ihnen bekannt war.

Zusätzlich stellte jeder dieser fünf Verschworenen einen Garanten in Form des ältesten Sohnes.

Somit war der älteste Sohn jedes Stammesführers, also sein Nachfolger, von der bevorstehenden Auswanderung ausgenommen und musste mit seinem Leben für die Sicherheit des Schatzes stehen. Bei jeglichem Verrat des Aufbewahrungsortes dieses Schatzes durch einen dieser Verschworenen sollte das Leben des jeweiligen Sohnes genommen werden. Dies war eine gegenseitige Verpflichtung und garantierte die Verschwiegenheit dieser fünf Stammesführer. Es wurde festgelegt, dass infolge frühzeitigen Todes eines dieser Stammesführers oder dessen Nachfolgers nur einstimmig ein anderslautender Beschluss möglich war.

Diese Söhne sollten im Voraus in die Obhut eines bestimmten Druiden übergeben werden, der diese Verpflichtung in jeder Beziehung einhalten und durchsetzen musste.

Ausserdem wurde gemeinsam ein Datum festgelegt – im Frühsommer 59 vor Christus unserer Zeitrechnung – um gemeinsam diese Schätze mit Dutzenden von Ochsenwagen an einen sicheren Aufbewahrungsort zu bringen. Die fünf Stammesführer mussten sich unter strengster Geheimhaltung verpflichten, persönlich an diesem Transport teilzunehmen und in ihrer ganzen Eskorte nur je zehn Soldaten sowie höchstens zwölf Sklaven als Schutz und Begleitung vorzusehen.

Jeder verpflichtete sich zudem, seine Soldaten und Sklaven nach Beendigung dieses Transports zu töten. Es sollte kein Mitwisser überleben und niemand sollte jemals davon erfahren. Viel hing davon ab, dass der Schatz geheim und sicher versteckt war.

Zeitlich wurde die Aufbewahrung dieses Schatzes auf zwei Jahre in einer Höhle in Creux du Van befristet. Die Aufhebung oder auch Verlängerung konnte wiederum nur durch eine einstimmige Abmachung aller fünf Stammesführer, oder deren Nachfolger, geändert werden.

Der Standort, also deren Lage, hoch über Noiraigue, unmittelbar an der Salzstrasse war strategisch genial. Diese führte über die Brücke von Thielle, danach über das heutige Neuenburg, Noiraigue und Pontarlier und von dort zu den Salzminen von «Salins-les-Bains» südlich von Besançon. Somit konnte bei einer späteren Rückführung des Goldschatzes zum zukünftigen, neuen Siedlungsort der Helvetier eben diese Salzstrasse in umgekehrter Richtung unauffällig benutzt werden.»

Der Schriftsteller atmete kurz durch, nippte an seinem inzwischen kalt gewordenen Kaffee und meinte: «So erkläre ich mir den Ablauf dieser von mir leicht umgeschriebenen Geschichte, die nun Formen für einen Roman annimmt. Natürlich werde ich rundherum einiges noch anpassen müssen und zudem spannende Figuren, Probanden und Akteure einbauen. Alles Weitere werden Sie in wenigen Monaten von mir erfahren, und auch über Ihre finanzielle Beteiligung werden wir dann im Detail sprechen müssen. Ich denke, sofern Sie einverstanden sind, würde ich Sie auch zu den kommenden Vorlesungen mit bestehenden Kunden meiner Bücher einladen. Als Original, als Druide im weitesten Sinn, der zusätzlich Farbe und Hintergrundinformationen miteinbringen würde.»

Als der Schriftsteller nun den Druiden näher musterte, kam ihm ein Schmunzeln über seine Lippen, da er sah, wie dieser mit offenem Mund und strahlenden Augen ihm ins Gesicht schaute und sogar eine kleine Träne über seine Wange lief. Der Druide schien jedes Wort aufgesaugt zu haben und strahlte glücklich und zufrieden in die Welt hinaus.

...nach der Entdeckung des Schatzes der Helvetier

Als Jasmine Jacotet an der Universität Neuenburg ins Büro ihres Chefs, Professor Dr. Nicolas de Montmollin eintrat – ein untersetzter, bärtiger, kräftiger Mann mit dicker, runder Brille – klopfte ihr das Herz bis zum Hals. Sie war bleich, nervös und äusserst angespannt. Kein Wunder, sie hatte seit Samstagnacht nur wenige Stunden geschlafen, zu gross war die Aufregung und Nervosität, endlich ihr «Staatsgeheimnis» mit jemandem teilen zu können.

Ihr Kopf dröhnte, sie hatte überall rote Flecken am Hals, einen ausgetrockneten Mund und wusste nicht, wie sie ihre Schilderungen beginnen sollte. Sie war völlig durcheinander und emotional geladen.

Bei ihrem Eintritt hob der Professor erstaunt den Kopf und blickte sie sonderbar an. «Was ist los, Jasmine? Sie stürmen in mein Büro, ohne anzuklopfen und sehen aus, als wären Sie dem Teufel persönlich begegnet! Setzen Sie sich – mein Gott, was ist geschehen? Haben Sie das ganze Wochenende gefeiert?»

Ihre grünen Augen verengten sich und verdunkelten sich, «I-ich, e-ein g-ganzes Wochenende feiern, H-Herr Professor?», entgegnete sie stotternd, während ihr Tränen über die Wangen kullerten. Er war doch immer so nett und sagte niemals etwas Unangebrachtes! «Jasmine, du musst dich zusammennehmen, der Professor meint es nur gut mit dir!», sagte sie sich innerlich. Sie holte zweimal tief Luft, öffnete ihre Tasche und entnahm vorsichtig, jedoch mit zitternden Händen die aus der Höhle mitgebrachten Gegenstände, die sie alle ohne Kommentar auf den Tisch legte. Zusätzlich öffnete sie ihren Laptop und bereitete die kleine Präsentation ihrer am Fundort aufgenommenen Fotos vor.

Der Professor zuckte nicht einmal mit der Wimper. Typisch Professor de Montmollin, nichts brachte ihn aus der Fassung! Er nahm eine Lupe aus einer Schublade und betrachtete einen Gegenstand nach dem anderen, ohne auch nur einen Laut von sich zu geben. Seine Hautfarbe jedoch änderte sich zu dunkelrot und Jasmine betrachtete ihn besorgt.

Nach einer Weile legte er alles fein säuberlich hin, blickte Jasmine tief in die Augen und sagte leise und langsam: «Wo um Himmels willen haben Sie das her? Das sind keltische Goldschmuckstücke, eine griechische Goldmünze und beim Edelstein bin ich mir nicht ganz sicher. Das ist von ungeheurem materiellem Wert und gehört sicher nicht in Ihre Tasche!»

Inzwischen hatte sich Jasmine wieder gefasst und strahlte wie ein Weihnachtsbaum.

Mit ebenfalls leiser und feierlicher Stimme erwiderte sie:

«Ich bin am Samstag buchstäblich in eine Höhle gefallen, und zwar bei der Ferme Robert beim Creux du Van. Die Sache wird aber zum Problem, Herr Professor – bitte halten Sie sich fest! In dieser Höhle liegen zwischen vielen Skeletten wagenweise Reste von Kisten mit Goldschmuck, Goldmünzen, Goldgegenständen aller Art sowie Edelsteinen herum.

Es handelt sich hier um einen Schatz in einer Grösse, bei der mir angst und bange wird!

Schauen Sie sich bitte die Bilder auf meinem Computer an, es ist kaum zu glauben.

Den Eingang zu dieser Höhle habe ich provisorisch wieder verschlossen – so wie ich es von Ihnen gelernt habe. Niemand, ich wiederhole niemand, hat von mir ein Sterbenswörtchen oder auch nur eine Andeutung dieses Fundes erhalten. Sie sind die erste und einzige Person, die davon Kenntnis hat.»

Der Professor sah sich nun die Fotos am Computer an, während er einige unverständliche Worte murmelte. Er war sichtlich tief beeindruckt.

In der Zwischenzeit hatte sein Gesicht wieder seine normale Farbe angenommen, und er lehnte sich zurück und machte sich daran, seine Pfeife anzuzünden. Dies war an der Uni verboten, was ihn jedoch nicht zu kümmern schien.

«Ich habe einen Vorschlag, Herr Professor», sagte Jasmine. «Könnten wir» er unterbrach sie mit einem Handzeichen, nahm das Telefon und verlangte die Verantwortliche des Sekretariats der Uni. Kaum hatte er die zuständige Person am Draht, bat er sie:

«Streichen Sie mir alle Termine diese Woche – alle Vorlesungen, Präsentationen und so weiter, selbstverständlich auch die Sitzung mit dem Rektor diesen Mittwoch. Klar, ich fliege auch nicht an die Konferenz nach Wien! Muss ich Ihnen jetzt alles bis ins Detail erklären?», fragte er ein wenig aufgebracht. Dann grinste er Jasmine an und verkündete: «Auch mein Hochzeitstag wird demnach diese Woche ins Wasser fallen.»

Nachdem er aufgelegt hatte, überlegte er kurz und sagte zu Jasmine: «Sie stellen uns heute noch eine übliche, für Höhlenausgrabungen vorgesehene Ausrüstung zusammen. Morgen Vormittag fahren wir früh zur Fundstelle hoch. Auf dem Weg haben wir genügend Zeit, dass Sie mir jedes Detail Ihres überraschenden Fundes und die Umstände seiner Entdeckung erklären können.»

Absolute Geheimstufe 1, ohne jegliche andere Personen zu involvieren», fügte er wie beiläufig hinzu, sah sie jedoch lange an. Danach meinte er verschmitzt: «Sagen Sie mal, Jasmine, haben Sie einen Draht nach oben?» Er zeigte mit einem Finger Richtung Decke und grinste wieder. Jasmine lachte und schüttelte den Kopf.

«So, nun ab mit Ihnen, organisieren Sie alles für uns zwei und erfinden Sie schamlos irgendeinen Grund … Es wird Ihnen schon was einfallen. Ich muss noch dringend einige Sachen erledigen, unter anderem neue Terminvorschläge für das Sekretariat finden.»

… nach der Entdeckung des Schatzes der Helvetier

Am Dienstagmorgen schnappte sich Jasmine einen kräftigen Studenten, der ihr tatkräftig beim Einladen der umfassenden Ausrüstung half. Sie erzählte ihm etwas von einem Pressetermin in Bern zwecks einer Präsentation von archäologischen Geräten und Utensilien jeder Art, die tagtäglich bei Fundstellen gebraucht werden. Es gehe um eine Public Relations-Aktion, um in Zukunft den Beschaffungs-Etat des Archäologischen Institutes hier in Neuenburg merklich zu erhöhen. «So ein Aufwand», meinte der Student beeindruckt und ging anschliessend kopfschüttelnd zurück ins Institut.

Der Professor liess nicht lange auf sich warten, und so konnten sie bereits wenige Minuten später Richtung Noiraigue und hoch zum Creux du Van fahren.

Auf dem ganzen Weg versorgte Jasmine ihren Professor mit allen Informationen rund um den Fund, besonders aber über den Grund ihres glimpflich verlaufenen Absturzes und der unerwarteten Entdeckung des Schatzes in dieser Höhle.

Nach etwa einer halben Stunde waren sie am Parkplatz angelangt. «Es ist keine Menschenseele zu sehen», sagte der Professor, «wir werden weiter hochfahren, um die Ausrüstung provisorisch im Wald zwischenzulagern.»

Gesagt, getan – der 4×4 des Professors hatte keine Mühe, den guten Weg weiter hochzufahren. «Ungefähr hier müssen wir die Ausrüstung ausladen», erklärte Jasmine und zeigte auf die rechte Seite. Nach einigen Minuten hatten sie die gesamte Ausrüstung und ihre voll bepackten Rucksäcke ausgeladen und brachten alles, nicht sichtbar für das Auge, ins nahe Unterholz. Danach fuhr der Professor das Auto zurück zum Parkplatz.

Eine Viertelstunde später war er wieder zurück, nahm seinen Rucksack in die Hand und rief leise nach Jasmine. Sie stiess wenige Minuten später zu ihm und verkündete: «Auch hier oben niemand zu sehen, beeilen wir uns.» Sie liefen zusammen in Richtung der hohen Wand und Jasmine zeigte auf die leichte Erhöhung, die mit Ästen und dergleichen zugedeckt war. Mit wenigen Handgriffen hatten sie den Eingang freigelegt. Vor dem Einstieg legten sie ihre Helme, die mit je einer Lampe ausgerüstet waren, an. Unten angekommen, nahmen sie aus ihren Rucksäcken zusätzliche Lampen und erleuchteten den ersten Teil der Höhle. Der Professor bat Jasmine, den Rest der Ausrüstung im hinteren Teil unterzubringen. «Kein Problem», sagte sie. In diesem Beruf war sie es gewohnt, Kisten zu schleppen und viel körperliche Arbeit auszurichten. Als sie die vier Kisten einzeln hinuntergebracht hatte, was nicht so schwierig gewesen war, wie sie zuerst gedacht hatte, rief sie nach dem Professor. Sie fand ihn ganz hinten in der Höhle, auf einem Stein sitzend. Er war sichtlich beeindruckt von der Unmenge an äusserst wertvollen Fundgegenständen sowie einer unerklärbaren Ansammlung von vielen Skeletten. Er schüttelte ständig den Kopf, zog sein gewaltiges Taschentuch aus seiner Hosentasche und schnäuzte sich laut und lange. Die Entdeckung des Schatzes hatte ihm ebenfalls zugesetzt, so wie Jasmine, als sie vor drei Tagen diese Fundgegenstände das erste Mal erblickt hatte.

«Jasmine», sagte er leise und sah sie erneut ausdrucksvoll und lange an, «das hier ist mehr als eine Nummer zu gross für uns, wir brauchen Hilfe anderer Fakultäten und Institute. «Es handelt sich hier», er machte eine kleine Pause, «um einen Schatz in einer Grössenordnung, der noch nie irgendwo in Europa gefunden worden ist. Nur vergleichbar mit den Funden in den Pyramiden in Ägypten oder Schätzen der Inkas, Maya und so weiter.

Ich bin mir schon jetzt fast sicher, Jasmine, dass es sich hier um den legendären angehäuften Reichtum, sprich Goldschatz der Helvetier handelt, der in verschiedensten Erzählungen, Aufzeichnungen oder auch in historischen Schriften des Öfteren erwähnt wurde. Die Goldarbeiten sind meiner Einschätzung nach zumindest mehrheitlich keltischen Ursprungs. Weiter hinten in der Höhle sind auch Goldstücke griechischer und anderer Herkunft zahlreich gelagert worden. Ganz zu schweigen von den vielen Edelsteinen. Ja, genau!» Wiederum machte er eine ausschweifende Handbewegung in Richtung der Fundgegenstände und sagte bestimmt und prägnant: «Dies ist der Schatz der Helvetier. Er wurde hier kurz vor der Auswanderung der Helvetier aus Sicherheitsgründen deponiert und wahrscheinlich durch das Ableben der

Geheimnisträger bis heute nie gefunden. Die Skelette sind mit grösster Wahrscheinlichkeit Soldaten, Leibeigene und so weiter, die als Mitwisser umgebracht wurden.» Jasmine lief es kalt den Rücken hinunter. Hier hatte sie also zusätzlich ein Massengrab ermordeter Menschen entdeckt.

«Nun ja,» murmelte der Professor, «jetzt haben wir, genau wie Sie sagten, Jasmine, ein Problem! Ein gewaltiges! Jasmine, wo sollen wir diesen gewaltigen Schatz zwischenlagern?» «Vielleicht in der Turnhalle von Noiraigue?», schlug Jasmine vor. Der Professor schüttelte seinen Kopf und entgegnete: «Das sind doch Millionen von Sachwerten, da müssten wir ja die Armee anfragen, ob die Sicherheit durch sie gewährleistet werden könnte.» Jasmine runzelte ihre Stirn und meinte: «Vielleicht in einem ehemaligen Bunker der Armee?» «Schon besser», überlegte der Professor. «Doch hier haben wir immer noch ein grosses Sicherheitsrisiko. Wir können in einem Bunker unmöglich unsere Arbeit zur Aufnahme eines Inventars und die Zuweisung jedes einzelnen Fundstückes zur archäologischen Katalogisierung vornehmen! Liebe Jasmine, wir müssen in einer ganz anderen Grössenordnung denken – eben, eine Nummer zu gross für uns! Es handelt sich hier um eine Angelegenheit, die die gesamte Schweiz betrifft und sicher hochbrisant und politisch von grösster Relevanz sein wird. Dieser riesige Schatz gehört der gesamten Eidgenossenschaft, und somit werde ich nach Absprache mit dem zuständigen Neuenburger Ständerat Jules Matthey, den ich persönlich kenne, eine Unterredung in Bern verlangen. Streng geheim, versteht sich. Diese Sache überschreitet meine Kompetenz in Entscheidung, Verantwortung und auch Zuständigkeit. Selbstverständlich, Jasmine, gebührt Ihnen als Entdeckerin dieses Schatzes die Ehre, mich zu Herrn Ständerat Matthey und anschliessend nach Bern zu begleiten.» Jasmine nickte lediglich. Die Ereignisse überschlugen sich und nahmen eine andere Dimension an, mit der sie nicht gerechnet hatte.

Der Professor blickte auf seine Uhr und bemerkte: «Die Zeit läuft. Wir machen, das heisst *ich* mache, nun eine schnelle, grobe Bestandsaufnahme von einhundert Fundgegenständen mittels digitaler Fotos. Sie werden zu jeder einzelnen Aufnahme meinen Kommentar hinzufügen. Das sollten wir innerhalb von zwei bis drei Stunden schaffen. Danach werden wir unseren Kiosk schliessen, die Ausrüstung hinten in einer Ecke verstauen, den Eingang wieder fachmännisch überdecken und anschliessend in der Gaststube einen kleinen Imbiss zu uns nehmen.

Ausserdem werden wir fünf weitere Fundstücke mitnehmen, um unsere Bilderflut besser zu unterlegen. Morgen Mittwoch gegen Mittag müssen wir die gesamten Unterlagen sowie die Präsentation bereithalten. Ich werde noch am frühen Nachmittag einen Termin bei Herrn Matthey verlangen.» Er sah Jasmine erneut an und sie nickte ihm aufmunternd und zustimmend zu. Minuten später waren beide bereits tief in die besprochene Arbeit eingetaucht, die methodisch und nach wissenschaftlichen Vorgaben erfolgte.

... nach der Entdeckung des Schatzes der Helvetier

Jasmine war bereits am frühen Morgen im Büro, wo sie basierend auf ihren Notizen Kommentare zu jedem Foto schrieb und ihre Präsentation gewissenhaft vorbereitete.

Mitte Nachmittag nahm sie gemeinsam mit dem Professor den Termin beim Ständerat Matthey am Regierungssitz des Kantons Neuenburg, oberhalb der Altstadt war. Kurz nach ihrem Eintreffen im «Château», wie es im Volksmund genannt wird, wurden sie zum bereits wartenden Ständerat vorgelassen.

Dieses «Château» wurde gegen Ende des 10. Jahrhunderts errichtet und gilt als einen der schönsten Regierungssitze der Schweiz, prächtig über der Stadt und dem Neuenburger See gelegen. Hier oben spürte man direkt die grosse historische Vergangenheit von Neuenburg, seine ehemalige Zugehörigkeit zu Preußen und auch die Willensstärke dieses kleinen Kantons im schwierigen wirtschaftlichen Umfeld zu überleben. Der Kanton war stolz, so viele angesehene und wichtige Staatsmänner der Schweiz hervorgebracht zu haben. Und vor allem stolz auf seine weltbekannte Uhrenindustrie und Mikromechanik.

Nach der Begrüssung verlegten sie sich auf Wunsch des Professors umgehend in einen der Sitzungsräume, um ungestört die von Jasmine vorbereitete Präsentation der sensationellen Funde aus der Höhle vom Creux du Van vorzunehmen.

Ständerat Matthey, ein freundlicher, umgänglicher und angenehmer Politiker, war sich nicht zu schade, die Getränke eigenhändig zu holen und zu servieren. Der Professor kannte ihn seit Jahren aus seiner ehemaligen Tätigkeit auf kantonaler Ebene und der Zusammenarbeit mit der Universität. Einige Jahre lang war Matthey der für Justiz und Sicherheit zuständige Regierungsrat dieses Kantons gewesen. Er war somit genau die richtige Person für diese Sache.

Der Professor und Jasmine hatten sich die Präsentation gut aufgeteilt und konnten die wichtigsten Punkte innerhalb von 45 Minuten vortragen. Sie wurden beide kein einziges Mal von Ständerat Matthey unterbrochen. Am Schluss der Präsentation räusperte er sich und sagte kurz und trocken: «Genau wie Sie sagten, Herr Professor, dies ist eine Angelegenheit, die in das Verantwortungsgebiet der schweizerischen Eidgenossenschaft fällt und hier auf kantonaler Ebene nicht in eigener Regie organisiert, fachtechnisch abgewickelt, geschweige denn exklusiv durch unsere Wissenschaftler untersucht werden darf.

Die Brisanz dieser Angelegenheit ist wirklich gigantisch – eine falsche Bemerkung oder Andeutung von einem von uns dreien zu einer anderen Person und wir hätten ein Katastrophenszenario ohnegleichen hier im Kanton Neuenburg kreiert. Das würde uns nicht nur in Bedrängnis bringen, sondern auch komplett überfordern. Ich könnte mir vorstellen, dass wir als Konsequenz eine allgemeine Aufregung wie zu Zeiten des 1) «Goldrush» in Alaska hätten. Wir müssen diese ganze Sache in die sicheren Hände der Eidgenossenschaft übergeben!

---

1)   Alaska Gold Rush, Klondike Region Yukon in Canada zwischen 1896 und 1899

Ich schlage vor, dass ich direkt mit dem zuständigen Departement Chef des 1) EDI, Bundesrat Spühlmann, einen Dringlichkeitstermin vereinbare.

Ich bitte Sie, sich kurzfristig bereitzuhalten, um mich zu begleiten. Sie werden ihm dieselbe Präsentation geben wie mir. Ich mache Sie darauf aufmerksam, dass es sich hierbei um eine Geheimhaltungsstufe «Rot» im Interesse der schweizerischen nationalen Sicherheit handelt. Sie sind nun direkt eingestuft als Geheimnisträger der Stufe «Rot» und werden, so wie ich das sehe, in jenem Moment, in dem wir in Bern angelangen, dem EDI direkt unterstellt.»

Jasmine fühlte sich angesichts der Einstufung und Politisierung der Ereignisse erschlagen. Ihr Mund war völlig trocken, und sie nahm schnell einen grossen Schluck vom bereitgestellten Wasser.

«Sind diese Vorsichtsmassnahmen und Anordnungen nicht ein wenig übertrieben?», fragte der Professor.

«Was meinen Sie, Herr Professor und Frau Jacotet, was passieren würde, wenn die Öffentlichkeit von diesem Fund erfahren würde? Spekulationen über den wahren Goldwert würden nicht nur den Goldpreis bewegen, nein, auch die Börse würde das auf die eine oder andere Weise spüren. Und vor allem hätten die Spekulanten wieder einen Grund, mit massiven Zukäufen den Schweizer Franken noch weiter in Bedrängnis zu bringen. Auch Vagabunden, Banditen und andere potenzielle Kriminelle hätten allen Grund, sich dieses Schatzes zu bemächtigen oder ihn wegzuschaffen. Da es sich hier auch um griechische und andere ausländische Fundgegenstände handelt, kämen noch deren Regierungen oder auch deren Gläubiger hinzu, die uns mit Begehren bombardieren würden.

Wir haben schon genug mit der Schadensbegrenzung oder Vorbereitung zur Aufhebung des schweizerischen Bankgeheimnisses zu tun, um uns nicht noch zusätzlich um die Aufteilung des Schatzes der Helvetier kümmern zu müssen.

---

1)   EDI Eidgenössisches Departement des Innern

Wie Sie bemerken, sind wir bereits in einer europäischen Dimension angelangt!»

Er sah den Professor und Jasmine an, doch beide wirkten jetzt noch angespannter und in sich gekehrt. Sie nickten beide lediglich – was sollte man hier noch erwidern?

«Ich hätte noch eine Bitte, Herr Professor – praktischer Natur, versteht sich. Ich möchte sicherstellen, dass wir uns nicht alle gemeinsam blamieren und von einem Schatz sprechen, der vielleicht nur aus schwacher Goldlegierung, also nur wenig Karat, besteht. Könnten Sie bis morgen Donnerstagfrüh eine Einschätzung über den Feingehalt dieser verschiedenen Fundgegenstände aus Gold, wie auch über den Diamantenreinheitsgrad, vornehmen?»

«Kurze Frist», meinte der Professor, «aber wir werden das schon irgendwie hinkriegen.»

Ständerat Matthey bedankte sich ausgiebig bei seinen zwei Besuchern, verabschiedete sie sehr herzlich und versprach, umgehend den vereinbarten Dringlichkeitstermin bei Bundesrat Spühlmann zu beantragen.

Nun war der Professor gefordert und bat Jasmine, ihn direkt zu einem bekannten Juwelier zu begleiten, der diese Zertifizierung vornehmen könne. Es handle sich hier um eine Vertrauensperson, die schon seit Jahren von Zeit zu Zeit solche Analysen der Goldfeinheit sowie die Bestimmung des Karat-Gewichts und der Reinheit für das archäologische Institut gewissenhaft und mit grosser Professionalität ausführte. Normale Bestimmungen über den Feingehalt von Gold würden auch in ihrem Institut vorgenommen, doch in diesem speziellen Fall sei dies aus Geheimhaltungs- und Sicherheitsgründen nicht durchführbar.

Wenige Minuten später erreichten sie den direkt in der Altstadt befindlichen Laden und traten ein. Der Juwelier, Herr Courvoisier, eine ältere, sehr gewichtige, rundliche Person mit äusserst schütteren, weissen Haaren und einer dicken Metallbrille, war allein im Laden und kam ihnen gleich entgegen. «Lieber Herr Professor, was führt Sie diesmal zu mir?», fragte er dienstbeflissen und schüttelte ihnen die Hände.

«Wir gehen besser nach hinten», meinte der Professor geheimnisvoll, «das ist keine kleine Sache. Danke.»

Hinter einer Art Bücherwand stand ein runder Tisch mit gutem Licht, an den sie sich setzten. Der Juwelier hatte bereits eine weisse Matte auf den Tisch gelegt und sein Monokular übergezogen.

Der Professor nahm aus seiner mitgebrachten Aktentasche einen speziell gefütterten Behälter und stellte ihn neben die Matte. Danach sah er den Juwelier ernst an und bat ihn um absolute Diskretion in dieser Sache. «Selbstverständlich, Herr Professor – wie eh und je», meinte er.

Nun nahm der Professor, der inzwischen weisse, feine Handschuhe übergestreift hatte, die zehn Fundstücke einzeln aus dem Behälter und legte sie auf die Matte. Dem Juwelier entglitt ein kleiner, anerkennender Pfiff über seine Lippen und er begutachtete mehrere Minuten lang kommentarlos Stück für Stück. «Da haben Sie aber den Jackpot geknackt, lieber Herr Professor», bemerkte er, und in seinem Gesicht erschien eine feierliche Anspannung.

«Keltische Goldarbeiten, nein, auch griechische Schmuckstücke und griechische Münzen, alles über 2000 Jahre alt, nehme ich an», sagte er leise. «Genau meine Meinung», erwiderte der Professor und fuhr fort: «Herr Courvoisier, ich brauche eine Bestimmung des Feingehaltes an Gold von jedem dieser Fundstücke, und zusätzlich der Bezeichnung, des Karatgehalts und der Reinheit der Edelsteine. Leider muss ich Sie bitten, eine Sonderschicht einzulegen und mir die Resultate bis morgen früh schriftlich zu attestieren. Ich kann Ihnen jedoch versichern, dass als Gegenleistung zu dieser Sonderschicht in sehr naher Zukunft viel Arbeit auf Sie zukommen wird. Wenn Sie erlauben, würde ich Sie gerne diesbezüglich in meinem Team wissen und Sie in ein bis zwei Wochen im Detail informieren.» Der Juwelier fühlte sich sichtlich geehrt und versicherte dem Professor, die Analyse sowie die dazugehörigen Zertifikate bis morgen Donnerstag um acht Uhr bereitzustellen.

«Geben Sie mir ein paar Minuten für das Schriftliche», sagte er fast schon feierlich und machte sich sofort daran, eine handgeschriebene, detaillierte Quittung mit Kurzbeschreibung aller Fundstücke auszufüllen. Er überreichte sie ihnen, mit seiner Unterschrift versehen, bereits wenig später. Der Professor überprüfte gewissenhaft das Dokument und steckte es im Anschluss ein. Sie verabschiedeten sich und gingen zurück ins Institut.

Nach Erledigung weiterer dringender Dinge war der intensive Arbeitstag zu Ende. Jasmine verabschiedete sich vom Professor und fuhr zu ihrem Elternhaus in Montezillon, um sich für den kommenden Tag gut auszuruhen.

Am selben Mittwochabend

Da der Juwelier nicht mehr gestört werden wollte, schloss er sein Geschäft und machte sich sogleich an die Arbeit, indem er die chemischen Substanzen vorbereitete, die er für die Prüfung des Feingehaltes mittels 1) Strichprobe brauchte.

Nachdem er die Prüfung und die Zertifizierungen bereits nach drei Stunden abgeschlossen hatte, betrachtete er nochmals eingehend diese wunderschönen Fundstücke, reinigte sie sorgfältig und hielt sie ins Licht. «Wie sagte der Professor?», und sein Herz begann wie wild zu klopfen, «in Zukunft liegt noch viel Arbeit vor uns, und er bat mich um Mitwirkung in seinem Team.» Jetzt begann er zu schwitzen, und bereits nach kürzester Zeit war sein weisses Hemd über und über mit Schweissflecken versehen. Er kannte den Professor seit Jahren, doch dieses Mal schien er ihm aufs äusserste konzentriert und fast schon in Trance gewesen zu sein. Auch seine Assistentin war sehr angespannt und in sich gekehrt gewesen.

1) Die Strichprobe, wie sie im Fachjargon heisst, ist sehr genau, vorausgesetzt, sie wird fachmännisch und mit Genauigkeit gemacht. Mit der Strichprobe lassen sich in kurzer Zeit alle Edelmetallwaren bei nur geringem Materialverbrauch, mit einfachen Hilfsmitteln und ohne wesentliche Beschädigung der Ware prüfen. So können Feingehaltsunterschiede von zehn bis zwanzig Tausendsteln mit grosser Sicherheit erkannt werden. Bereits 600 vor Christus wurde sie zur Kontrolle von Münzen angewendet.

Da mussten noch riesige Mengen von anderen wertvollen Fundgegenständen in Gold warten, und der Professor schien unter dieser Last zu leiden. Und warum brauchte er innerhalb weniger Stunden diese Feingehaltszertifizierung, und für wen? Früher war er immer allein gekommen, doch dieses Mal in Begleitung dieser Assistentin. Wahrscheinlich war sie die einzige eingeweihte Vertrauensperson in dieser Sache.

Schliesslich legte der Juwelier die Fundstücke fein säuberlich in den Behälter zurück und schloss sie in seinem Geldschrank ein. Anschliessend ging er nach oben in seine Wohnung, setzte sich in die Küche und dachte über die ganze Sache nach. Jetzt hatte er sich wohl einen Drink verdient.

Er holte sich eine Flasche Whisky und begann zu trinken. Niemand wusste, dass er, seit ihn seine Frau vor zwei Jahren verlassen hatte und bei einem anderen Mann lebte, nicht mehr ohne Alkohol leben konnte. Bescheiden ausgedrückt, soff er nun des Öfteren, vernachlässigte seinen Juwelierladen und vor allem seine betuchten Kunden.

Im Quartier wunderte man sich darüber, dass die normalen Öffnungszeiten kaum noch eingehalten wurden und der Juwelier Courvoisier seinen Zeitgenossen ungepflegt und mürrisch begegnete.

Man erzählte sich, dass seine einzige Verkäuferin ihm letztes Monatsende gekündigt habe, da er mit der Lohnzahlung bereits zwei Monate im Rückstand gewesen wäre. Auch seine Bank sei angeblich nicht mehr bereit gewesen, ihm Kredit zu gewähren.

Doch all dies war nur einer Handvoll Leuten bekannt, und es kam noch dicker … Seit einem halben Jahr war er wöchentlich ein- bis zweimal im Casino, nur knapp einen Kilometer entfernt von seinem Juweliergeschäft und seiner im gleichen Haus liegenden Wohnung. Sein geistiger Zustand war labil und, für jedermann, der ihn näher kannte, sichtbar. Die gesamte Situation war somit äusserst explosiv und der gesundheitliche wie auch finanzielle Absturz voraussehbar.

Am heutigen Abend wollte der Juwelier all diese Probleme vergessen, um Glas für Glas in seiner Scheinwelt zu schwelgen und sich selbst zu bemitleiden. Bereits etwa eine Stunde später erreichte er einen hohen Alkoholpegel, grunzte und murmelte wirres Zeug. Trotzdem war er so enthusiastisch und fröhlich, als hätte er im Lotto gewonnen.

«Das ist meine Chance», lallte er, «endlich meint es das Schicksal gut mit mir. Wie lange habe ich auf so einen Glücksmoment gehofft und gewartet.

Seit sie mich verlassen hat, bin ich ein menschliches Wrack, ohne Geld und mit einem Haufen Spielschulden!» Er trank weiter, rülpste und wischte sich seinen Mund ab, tief versunken in seiner Lieblingsbeschäftigung, dem Selbstbedauern.

Plötzlich jedoch kam ihm ein Geistesblitz und er sprang auf.

«Was soll dieser Scheiss!», rief er in seine leere Wohnung. Nachdem er kurz überlegt hatte, grinste er in sich hinein. «Ich werde mir ein grosses Stück dieses Kuchens unter den Nagel reissen, mich somit sanieren und sogar wieder liquide und vermögend sein.» Er schnaufte wie ein Stier, schlug mit seiner Faust auf den Tisch und schwelgte weiter in seinen Gedanken.

«Diese Informationen, die ich jetzt besitze, sind einige Hunderttausend wert und machen mich wieder zu dem Mann, der ich früher war! Ich muss es nur richtig und gescheit anstellen, der Verdacht soll niemals auf mich fallen können.»

Jetzt war er zu allem entschlossen und ging in sein Badezimmer, um sich frisch zu machen. Anschliessend ging er wieder hinunter in sein Geschäft, öffnete seinen Safe und machte einige Fotos der Fundstücke mittels seines Mobiltelefons. Auf diesem spiegelte sich deutlich sein Kopf, und er sprach zu seinem Spiegelbild: «Du wirst in wenigen Wochen ganz anders aussehen, mindestens zehn Jahre jünger, und die Frauen werden wieder auf dich stehen!»

Als er fertig war, schloss er die Haustür hinter sich und war in weniger als 20 Minuten im Casino. Dort bestellte er an der Bar einen Whisky und sah sich um. Normalerweise, mit ein wenig Glück, sollte sein ukrainischer Ex-Schwager, Yevgen, hier im Casino auftauchen. Er blickte auf die Uhr, es war 21:30 Uhr.

Yevgen war genau der richtige Kontaktmann für solche Geschäfte, da war er sich ganz sicher!

Sein Ex-Schwager war ein immerzu freundlicher und mit einem Lächeln auf seinem Gesicht ausgestatteter, schlanker und gut gekleideter Mann in den Dreissigern, der eine eigene Reinigungsfirma im nahegelegenen Biel besass. Doch er hatte auch ein zweites Gesicht, nämlich jenes eines Knackis, der schon zweimal für einige Monate im Gefängnis in der

Region eingesessen hatte. Zuzuschreiben hatte er dies seinem Hobby, dem Ankauf von Gebrauchtwagen für den illegalen Export in die Ukraine.

In Yevgens Vergangenheit schien nicht alles immer sauber gelaufen zu sein, doch der Juwelier wusste keine Details. Yevgen war aber auch im Geldverleih, sprich Spielschuldengeschäft tätig.

Bei ihm hatte der Juwelier CHF 10000 Schulden angehäuft, exklusive Zinsen. Diese waren überfällig und Yevgen hatte ihm letzte Woche gedroht, demnächst zu vergessen, dass er sein Ex-Schwager war. Es kam dem Juwelier Courvoisier sehr gelegen, ihn nun hier und heute zu treffen, um die Angelegenheit seiner Schulden zu besprechen und gleichzeitig von ihm ein Angebot zu einer Beteiligung an diesem historischen Goldschatz zu erhalten.

Bereits eine halbe Stunde später traf Yevgen wie aus dem Nichts direkt hinter ihm an der Bar ein, legte dem Juwelier freundschaftlich den Arm um die Schultern und sagte: «Ist heute Zahltag, lieber Courvi?» – so nannte er den Juwelier immer – «oder bringst du mir direkt einen Gegenwert in Gold?»

Der Juwelier liess sich nicht einschüchtern – zu hoch war sein Alkoholpegel. «Komm, Yevgen, gehen wir nach draussen.» Sie verliessen das Gebäude, schritten einige Meter in den schönen Park, an dem das Casino lag, und setzten sich weiter vorne auf eine Bank. Yevgen zündete sich eine Zigarette an und schüttelte unmerklich seinen Kopf. Er hatte sofort bemerkt, dass Courvi wieder einmal randvoll war, liess sich aber nichts anmerken. Dieser zog sein Mobiltelefon aus seiner Tasche und suchte die Fotos. «Spinnst du jetzt komplett, Courvi, oder was? Soll ich mir jetzt um diese Zeit Fotos mit dir anschauen?» Er war merklich wütend und wollte aufstehen. »Ich dachte, du übergibst mir das schon lange geschuldete Geld?» Er warf entnervt seine Zigarette fort.

«Nein», erwiderte der Juwelier ruhig, «aber ich gebe dir Informationen über einen Goldschatz in Millionenhöhe! Schau hier», und er zeigte ihm die Fotos der Fundstücke und gab ihm detaillierte Erklärungen über die heutige Begegnung mit dem Professor und seiner Assistentin und seiner Vermutung eines riesigen Fundes an Gold und anderen unermesslichen Werten hier irgendwo in der Region. «Das archäologische Institut liegt weniger als 500 Meter von hier entfernt», meinte der Juwelier und zeigte mit seinem Arm in dessen Richtung, «gleich zwei Parallelstrassen weiter unten, am See.»

Inzwischen hatte sich Yevgen wieder gesetzt und sah sich fasziniert die Fotos an.

«Courvi, warum hast du eigentlich, so als Vertrauensmann, nicht nachgefragt, wo sich der Fundort befindet?»

«Yevgen, überleg doch», antwortete dieser, «später, bei einer Untersuchung durch die Polizei, würde sich doch der Professor oder auch seine Assistentin an meine Fragerei erinnern! Und dann? Dann führt die Spur genau zu dir – oder?» Yevgen nickte wie abwesend, jetzt war er hochkonzentriert und überlegte lange.

«Du hörst sofort auf zu saufen, Courvi, bleibst zu Hause, arbeitest weiter, ohne auch nur mit der Wimper zu zucken, und bleibst stumm wie ein Fisch – klar?» Er sah ihn drohend an und sagte leise, jedoch mit fester Stimme: «Oder ich schlag dich tot! Ich brauche die Adresse des Professors und seiner Assistentin – okay?»

«Werde ich dir morgen geben, Yevgen», antwortete der Juwelier kleinlaut.

«Courvi, hör gut zu! Du triffst mich morgen Abend wieder hier im Casino, du rufst mich nie an, auch nicht, wenn's brennt! Dein Mobiltelefon übergibst du mir, zu deiner Sicherheit, in meine Obhut. Für deinen privaten Gebrauch kaufst du dir ein neues. Eine Verbindung zwischen uns zweien hat es nie gegeben, Du hast mich seit deiner Trennung von meiner Schwester aus den Augen verloren – klar? Sofern die Hälfte von dem, was du erzählst, auch nur annähernd stimmt, wirst du ein reicher Mann! Ich werde dich am Erfolg beteiligen, und niemand wird jemals davon erfahren», meinte er bestimmt. «Dein Telefon werde ich nach der Kopie der Fotos vernichten. Wir haben Glück, dass du heute nicht auf die Idee gekommen bist, mich anzurufen. Somit gibt es keine Spuren, die zurückverfolgt werden können, und dabei wird es auch bleiben.»

Er überlegte einen Moment und fuhr fort: «Allein schaffe ich die Behändigung und den Verkauf dieses Schatzes nicht. Ich habe Freunde, die sich mit so etwas auskennen. Aber die Details werde ich dir selbstverständlich nicht auf die Nase binden, damit du nichts ausplauderst», meinte er ziemlich arrogant.

«Ich werde auch einen Vorschuss für dich beantragen, kein Problem, denke ich, eine Sache von ein bis zwei Wochen, höchstens. Wir sprechen uns morgen nochmal.» Er erhob sich, schüttelte die Hand des Juweliers zum Abschied und schritt davon. «Courvi» trat schweren Herzens ebenfalls den Heimweg an, obwohl er noch gerne etwas Zeit im nahegelegenen Casino verbracht hätte.

DONNERSTAG, TAG SECHS

... nach der Entdeckung des Schatzes der Helvetier

Gegen 9 Uhr morgens erschien Jasmine Jacotet, Assistentin des Professors, um die wertvollen Schmuckstücke mitsamt ihren bereitliegenden Zertifikaten abzuholen.

Juwelier Courvoisier bat nochmals um ihren genauen Namen und notierte sich direkt auch ihre Adresse und Handynummer. Er erklärte Jasmine, diese Informationen in der Kundenkartothek unter «Archäologisches Institut» nachtragen zu wollen. Jasmine war sichtlich zu beschäftigt, um zu hinterfragen, was der genaue Grund sein könnte. Der Juwelier schloss seinen Tresor auf und legte die Fundstücke und die schriftlichen Unterlagen auf den Tisch. Die Assistentin kontrollierte und packte alles sorgfältig und gewissenhaft ein. Sie verabschiedete sich sogleich und ging schnellen Schrittes zu ihrem, direkt im Halteverbot vor seinem Laden, parkierten Auto. Dies erlaubte dem Juwelier, ebenfalls das Kennzeichen sowie Marke und Farbe des Autos aufzuschreiben. So kam er auf die Idee, sein altes, 10-jähriges Neuenburger Jahrbuch der Kennzeichen hervorzuholen, um zusätzlich das Kennzeichen des Professors herauszufinden und aufzuschreiben. Innerhalb von zwei Minuten hatte er dies erledigt und notierte alle gesammelten Daten auf einem Zettel, um sie am Abend an seinen Ex-Schwager Yevgen zu übergeben.

Im archäologischen Institut

Der Termin beim Departements-Vorsteher des EDI, Bundesrat Spühlmann, wurde dem Professor bereits am Donnerstagmorgen durch Ständerat Matthey persönlich bestätigt und für 14:00 Uhr am Sitz des EDI in Bern festgesetzt. Der Professor rief unmittelbar nach diesem Telefonat Jasmine an und bat sie, sich um 12:30 Uhr direkt am Bahnhof in Neuenburg, am Eingang zum Perron 1 einzufinden. Er wies sie an, die gesamten Präsentationsunterlagen und auch die gesamten Fundstücke und deren

Zertifikate aus dem Tresor des Institutes mitzunehmen. Aus Sicherheitsgründen solle sie, ausnahmsweise, per Taxi zum Bahnhof fahren.

Jasmine traf pünktlich am Bahnhof ein und wurde bereits vom Ständerat und dem Professor erwartet. Einige Minuten später stiegen sie alle gemeinsam in den Zug, der sie nach Bern brachte. Von dort waren sie zu Fuss in wenigen Minuten an der Inselgasse, dem Sitz des Departements des Innern, angelangt.

Obwohl sie zehn Minuten früher als vorgesehen am Empfang eintrafen, wurden sie ohne Wartezeit direkt ins Büro des Departement-Chefs, Bundesrat Spühlmann geführt, der ihnen zur Begrüssung mit ausgebreiteten Armen entgegenschritt.

«Herzlich willkommen bei uns, liebe Neuenburger», sagte er in fast akzentfreiem Französisch. Er stellte ihnen die Direktorin des EDI, Frau Maria Pfannenmatter vor, die unter seiner politischen Führung und Verantwortung das Departement leitete.

«Wir werden unsere Diskussion in Französisch führen, wie es die Tradition und der Respekt gegenüber Ihnen, liebe Neuenburger, verlangen», meinte er fast feierlich.»

«Wir hören Ihnen zu, bitte sehr. Sie können mit der Präsentation gleich beginnen.»

«Die haben ein Tempo hier in Bern», dachte Jasmine und beeilte sich, den Computer zu starten und die Präsentation via Grossbildschirm zu projizieren. Sie hatte Übung in moderner Technik und Kommunikation und war innerhalb von zwei Minuten startklar.

Sie waren ein gut eingespieltes Team und führten die Präsentation gemeinsam vor. Auch Ständerat Matthey gab nach der Präsentation seine persönliche Einschätzung zum Sicherheitsrisiko sowie Verantwortungsbereich eines Fundes dieser Grössenordnung und zu dessen unschätzbarem Wert ab. Er unterbreitete seinen Vorschlag, gezwungenermassen alles in die Hände der Eidgenossenschaft zu legen, mit grosser Überzeugung. Der Kanton Neuenburg könne auf keinen Fall die Verantwortung für den Transport, die Aufbewahrung, die Logistik und die wissenschaftliche Gesamtbearbeitung dieses monumentalen Fundes allein übernehmen.

Die Präsentation war nun zu Ende und Bundesrat Spühlmann stand auf, um sich ein wenig die Beine zu vertreten. Gleichzeitig sprach er zu

Jasmine: «Potzblitz, Frau Jacotet – darf ich Sie Jasmine nennen?», und sah sie direkt an. «Selbstverständlich, Herr Bundesrat», erwiderte sie.

Bundesrat Spühlmann, ein ungefähr 60-jähriger, grosser und stämmiger Mann, der im Volk als sehr beliebt und angesehen galt, lächelte und bedankte sich herzlich für ihre Einwilligung.

«Also, Jasmine», begann er und setzte sich auf die Ecke seines grossen Schreibtisches. Er sah sie interessiert, doch sehr respektvoll an. «Heisst Ihr Vater Bertrand und war Grenadier-Kommandant in Isone?» «Ja, genau, kennen Sie ihn?», fragte Jasmine.

«Ihr Vater hat bei mir den Hauptmann abverdient, als ich als Oberstleutnant die Sommer-RS in Isone im Tessin leitete. Das nur am Rande, Jasmine – wir wollen nicht in Nostalgie verfallen.» Bundesrat Spühlmann lachte. «Sie kennen sehr wahrscheinlich zur Genüge die ewigen Militärgeschichten, mit denen wir Männer uns brüsten … Bitte grüssen Sie ihn herzlich! Jedoch …» Er machte eine Pause. «Sie dürfen auch ihm im Moment nichts erzählen! Wie Ihnen Herr Ständerat Matthey sicher bereits erklärte, unterstehen Sie und Professor de Montmollin der ‹Geheimhaltungsstufe Rot›. Diese wird selten bei Aussenstehenden angewendet und natürlich nur, wenn es um die nationale Sicherheit geht. Wie ebenfalls bereits von Ständerat Matthey angesprochen, werden Sie ab heute bis auf Weiteres dem EDI direkt unterstellt und Ihre monatlichen Auslagen und Spesen werden von uns übernommen. Alles Weitere diesbezüglich werden Sie mit Frau Pfannenmatter direkt abklären.

Nun zur Strategie in dieser Sache: Wir werden einen Bunker mit höchster Sicherheitsstufe und genügend Raum bereitstellen.»

Plötzlich drehte er sich um, blickte zur Direktorin Frau Pfannenmatter und sagte: «Bitte prüfen Sie mit Divisionär Ribotin, ob er gleich jetzt Zeit hat, um an dieser Besprechung persönlich teilzunehmen.»

Nach einer sehr kurzen Verschnaufpause sprach er weiter: «Die Gesamtorganisation dieses Projektes und dessen Ausführung – wir benennen sie ‹Taskforce Helveticus› – wird trotz höchster Priorität und aussergewöhnlichem Einsatz einige Wochen in Anspruch nehmen. Danach wird der Schatz, unter strengster Geheimhaltung, verladen und in Sicherheit gebracht. Selbstverständlich werden wir, vorausgesetzt Divisionär Ribotin ist damit einverstanden, den Transport nicht am Boden, sondern mit Helikoptern als Lufttransport vorzunehmen.» Bundesrat Spühlmann konnte sich ein Grinsen nicht verkneifen und meinte:

«Gibt eine nette militärische Übung für unsere unterbeschäftigte Armee. Auch hier muss absolute Geheimhaltung gelten und ein Vorwand für diese getarnte Übung gefunden werden.»

Jasmine wurde langsam mulmig zumute. Hier wurden bereits Kriegsspiele auf dem Reissbrett entworfen. Sogar der Professor hatte glänzende Augen. Es war mit Sicherheit das erste Mal, dass die Armee archäologische Fundstücke mit Helikoptern ausflog. Ihr wurde immer schlecht beim Fliegen. Nicht verwunderlich, dass sich ihr Magen bereits bemerkbar machte. Jetzt sah Bundesrat Spühlmann Jasmine unvermittelt an und fragte: «Was macht Ihr Vater jetzt und wo wohnt er?»

«Wir wohnen – ich wohne immer noch zu Hause – in Montezillon, oberhalb von Neuenburg. Er ist Selbstständigerwerbender und führt ein Tiefbau-Ingenieur-Unternehmen mit drei Mitarbeitern.»

«Montezillon?», fragte Bundesrat Spühlmann und blickte nachdenklich in die Runde, «dieser kleine Ort ist doch auf dem Weg zum Val-de-Travers, also kurz vor Noiraigue und somit in Nähe des Creux du Van, oder?»

«Ja», sagte der Professor, «ungefähr 20 Minuten mit dem Auto ab Neuenburg.»

Frau Pfannenmatter bemerkte zwischendurch mit gedämpfter Stimme:

«Herr Divisionär Ribotin wird in wenigen Minuten hier sein.»

Bundesrat Spühlmann sah wiederum Jasmine an und sagte: «Kann ich bitte die Mobiltelefonnummer Ihres Vaters haben?» Jetzt bekam Jasmine grosse Augen und diktierte ihm die verlangte Nummer. Er ging um seinen grossen Schreibtisch herum und wurde bereits nach wenigen Sekunden zu ihm durchgestellt.

Jasmine schluckte erschrocken. «Warum mein Vater?», dachte sie. Sie sah und hörte, wie Bundesrat Spühlmann in angenehmem Ton mit ihrem Vater sprach und Jasmine zulächelte.

Danach wurde sie abgelenkt vom Eintreten des Divisionärs, der zuerst allen die Hände schüttelte und sich dann neben Jasmine auf einen freien Stuhl setzte.

Bundesrat Spühlmann unterbrach für einige Sekunden sein Gespräch mit Jasmines Vater, sah sie direkt an und sprach: «Updaten Sie den Divisionär Ribotin grob und gehen Sie bitte zusammen in den Nebenraum –

Details später, Sie haben zehn Minuten!» Danach widmete er sich wieder seinem Gespräch.

Jasmine hatte Mühe, sich zu erheben. Sie hatte schlicht und einfach schlotternde Knie. Sie war nicht besonders armee-freundlich eingestellt und empfand diese eigentlich als bedrohlich und für die kleine Schweiz überflüssig. Ja, und ihrer Einschätzung nach auch als patriarchisch, archaisch und zudem als eine typische Männergesellschaft, die ihrem Zeitgeist nicht mehr gerecht wurde. Wie viele Male hatte sie diesbezüglich lange Diskussionen mit ihrem Vater geführt? Diese Gedanken schwirrten in ihrem Kopf umher und sie begann sich innerlich zu verschliessen, wie eine Auster.

Der Divisionär kannte die Berührungsängste von jungen Leuten gegenüber Uniformträgern zur Genüge, insbesondere von Studenten und speziell von Frauen. Er kam einige Schritte auf Jasmine zu und sagte mit einem breiten Lächeln und furchtbarem deutschen Akzent: «Mademoiselle, bitte nach Ihnen.»

Auch das noch … Mademoiselle, wer sagte heute noch Fräulein? Eine Redewendung des letzten Jahrhunderts! Und er konnte nicht einmal das Mindeste in Französisch! Die Worte waren völlig durcheinander, so sprach normalerweise nur ein absoluter Anfänger! Sie erwiderte auf Deutsch, jedoch mit charmantem Akzent: «Dankeschön, Divisionär», und schritt in Richtung des von ihm angezeigten Konferenzzimmers. Er schloss die Türe hinter ihnen, setzte sich an einen der Tische und sah sie erwartungsvoll an. Sie musste lachen … die Situation war zu unwirklich. Sie stand vor einem Kaderangehörigen der Schweizer Armee, der auf das Update einer Archäologie-Assistentin wartete, als wäre dies das Normalste auf der Welt. Nun sprach er plötzlich akzentfreies Französisch – er war aus der Gegend von Lausanne, wie sich herausstellte – und hatte durch die Verstellung seiner Sprachkenntnisse nur etwas zur Entspannung der Situation beitragen wollen. Sie lief zuerst tiefrot an und ärgerte sich grün und blau, dass sie sich so naiv auf dem falschen Fuss hatte erwischen lassen. Doch da er sie nett und entspannt ansah, erholte sie sich schnell und ein Riesenstein fiel ihr vom Herzen. Mit kurzen, aber prägnanten Sätzen informierte sie den Divisionär. Er gab ihr das Gefühl, dass sie die nötige Kompetenz hatte, auch einen hochstehenden Militäroffizier mit interessanten und wichtigen Informationen zu versehen, weshalb sie sich sofort wohlfühlte. Er hatte nur wenige Fragen und war ihr gegenüber mehr als respektvoll, während er Enthusiasmus und Begeisterung für die Sache zeigte.

Im Anschluss an das Update gingen sie zusammen zurück in den Raum des Bundesrates, der sich inzwischen angeregt mit dem Professor unterhielt und bei ihrem Eintreten nur kurz aufblickte.

Nach einer sehr kurzen Verschnaufpause – sie bekam einen Tee serviert – ergriff Bundesrat Spühlmann erneut das Wort, während er Jasmine sowie den Divisionär anblickte: «Das Ziel meines Gespräches mit Ihrem Vater war, dass wir ihn als erfahrenen Milizoffizier, der zudem in der Nähe des Creux du Van wohnt, mit ins Boot holen. Diesem kompetenten Mann wird vor Ort die militärisch operative Leitung übergeben. In der Zwischenzeit ist eine Polizeipatrouille der Kantonspolizei Neuenburg zu seinem Büro unterwegs und wird ihn in kürzester Zeit zu uns nach Bern bringen.»

Divisionär Ribotin nickte zustimmend und murmelte: «Perfekt für mich». Jasmine nickte ebenfalls.

Dies war für sie eine andere Welt als die gewohnte wissenschaftliche, die in ihrer eigenen Mikrokultur am Institut in Neuenburg herrschte. Hier überschlugen sich die Ereignisse im Minutentakt und Entscheidungen wurden in kürzester Zeit getätigt, ohne Wenn und Aber. Sie war dies nicht gewohnt und musste mehrmals tief durchatmen, um sich zu beruhigen. Es gab keinen Moment, um sich auszuruhen – das Tempo im Umfeld des Bundesrates Spühlmann war enorm und anspruchsvoll.

Kaum waren ihre Gedanken zu Ende gedacht, kam bereits die Departements-Direktorin Frau Pfannenmatter zu Wort:

«Alle hier Anwesenden werden in den nächsten Minuten die Zugangscodes für ihr eigenes Mailkonto beim EDI an ihre aktuelle E-Mail-Adresse zugesandt erhalten. Zudem wird Ihnen im Laufe des morgigen Vormittages ein abhörsicheres Satellitentelefon übergeben – geliefert an Ihren morgigen Aufenthaltsort, wo immer Sie sich befinden – inklusive der gespeicherten Telefonnummern aller Mitglieder der ‹Taskforce Helveticus›. Mails sowie Telefonate betreffend die interne Kommunikation der hier Anwesenden dürfen ab sofort ausnahmslos nur noch über dieses Mobiltelefon vorgenommen, beziehungsweise versandt werden. Also bitte keine Kommunikation irgendeiner Art bis zum Erhalt Ihrer Satellitentelefone!»

Auch dem Professor schien langsam, aber sicher, die Luft auszugehen. Seine Brille war beschlagen und in seinem Gesicht spiegelte sich eine gewisse Erschöpfung. Zugleich sah man auf seinem Antlitz auch die innere Zufriedenheit eines Menschen, der von einer schweren Last befreit wurde, die nun nicht mehr allein auf seinen Schultern ruhte.

Doch plötzlich erhob er sich, um sich in seiner bedächtigen, aber bestimmten Art, direkt an die hier Anwesenden zu richten:

«Ich möchte Sie bitten, diesem helvetischen Schatz von ungeheurem historischen und materiellen Wert Ihre grösste persönliche Aufmerksamkeit zu widmen. Ebenfalls bitte ich Sie, diesen Fund in einer national wie auch international bedeutenden historischen Dimension zu sehen. Europaweit ist nichts Vergleichbares je gefunden worden. Dies wird sowohl Neider als auch Leute mit krimineller Energie auf den Plan rufen.

Wir alle haben die Verpflichtung, maximale Vorsichtsmassnahmen zu treffen, welche die Sicherung, Aufbewahrung und Bereitstellung des Schatzes für die breite Öffentlichkeit und auch für die nachfolgenden Generationen garantieren.

Wir können heute noch nicht abschätzen, was genau die Entdeckung dieses helvetischen Schatzes für die heutigen wie auch nachfolgenden Generationen bedeuten wird.

Ich denke jedoch, nein, ich bin mir sicher, dass ganze Schulklassen, jeder Kegelclub, Jahrgängervereine, freiwillige Feuerwehren, Frauenvereine, Altenheiminsassen, Velo Clubs und so weiter und so fort diesen Schatz – *ihren* Schatz – anschauen und erleben werden wollen. Das wird einen nie geahnten gigantischen Museumstourismus in Bewegung setzen, der weit bis in die umliegenden Regionen und auch ins Ausland ausstrahlen wird. Es ist bereits heute absehbar, dass ein solches, nationales Museum täglich tausende Besucher in den Bann ziehen wird. Wir müssen im Voraus gewissenhaft viele Dinge in die Wege leiten und zusätzlich zur Bergung und Sicherung dieses Fundes alles nur Erdenkliche an Vorbereitungen treffen.

Unter diesem Aspekt muss man davon ausgehen, dass irgendwann genau bei oder in der Nähe dieser Fundstelle im Creux du Van ein helvetischer Museumspark gebaut werden müsste, der in Sachen Architektur, Ausstellungsmöglichkeiten und Sicherheit allen Ansprüchen entsprechen sollte. Für die touristische Entwicklung der Region wäre dies von immenser und vor allem nachhaltiger Bedeutung und könnte einige hundert neue Arbeitsplätze generieren und gleichzeitig die chronisch hohe Arbeitslosenzahl in dieser Region senken.

In diesem Sinne erlaube ich mir, auch im Namen aller wissenschaftlichen Mitarbeiter am archäologischen Institut in Neuenburg, dieses 100-Jahre-Projekt in Ihre Hände, nämlich in deren der schweizerischen Eidgenossenschaft, zu legen.»

Auch Jasmine war begeistert von der Idee des Professors und nickte kräftig.

«Na, Herr Professor de Montmollin und liebe Jasmine», meinte Bundesrat Spühlmann, «bleiben wir auf dem Teppich und kümmern uns vorerst um den Transfer des Schatzes in eine sichere und adäquate Umgebung, um eine genaue Bestandesaufnahme und vor allem dessen sichere, provisorische Aufbewahrung garantieren zu können. Das ist unser ‹Core Business› und vor allem unsere Verpflichtung im Namen der schweizerischen Bevölkerung, alles zu unternehmen, um dieser Verantwortung nachzukommen.

Natürlich, Herr Professor Montmollin, sind wir im Gesamtbundesrat gewillt, Ihren ausgezeichneten Vorschlag ernsthaft einer Prüfung zu unterziehen. Alles zu seiner Zeit!»

Der Professor sah Jasmine an, die unruhig neben ihm sass und aufmerksam in die Runde blickte.

Sie schien sich in diesem Spannungsfeld immer wohler zu fühlen und sichtlich aufzublühen. Wenn sie nickte oder den Kopf drehte, wippte ihr Pferdeschwanz keck und ihre Augen funkelten aufmerksam. Ihre Anpassungsfähigkeit war eindrucksvoll und ihre Worte und Bemerkungen kompetent, klar und deutlich. Der Professor war beeindruckt und freute sich, eine so aufmerksame und bestimmt auftretende Assistentin bei ihm am Institut zu haben.

Kaum hatte er seine Gedanken zu Ende gedacht, klopfte es an der Tür und Jasmines Vater, Bertrand Jacotet, trat ein und stellte sich allen Anwesenden vor. «Bertrand, willkommen bei uns in Bern», bemerkte Bundesrat Spühlmann und reichte ihm die Hand. «Deine Tochter hat uns da was eingebrockt … jetzt musst du auch mithelfen, die ganze Sache mit deinem bekannten Sachverstand in geordnete Wege zu leiten. Da fällt der Apfel nicht weit vom Stamm», und er blickte in Richtung Jasmine. Bundesrat Spühlmann hatte ihm in einem kurzen Telefonat vor einer knappen Stunde die genaue Sachlage wie auch die Involvierung seiner Tochter als praktische Hauptakteurin in dieser furiosen Geschichte erklärt. Bertrand Jacotet wirkte angespannt, vor allem der rasche, unvorhergesehene Transfer im Polizeiauto nach Bern war ihm in die Knochen gefahren. «Keine Sorge, Bertrand», sagte Bundesrat Spühlmann und grinste frech. Mit einer Handbewegung zu Jasmine fügte er hinzu: «Sie wird dich im Nebenzimmer updaten – ihr habt 10 Minuten!»

Dieses Mal war es Jasmine, die Richtung Sitzungszimmer vorausging und ihrem Vater die Türe aufhielt. Sie wirkte selbstsicher und ihr Gang war elegant und bestimmt. «Was für ein Wandel», dachte Bertrand Jacotet. «Was ist hier wohl los, dass meine Tochter so im Mittelpunkt steht?» Er schloss die Türe und setzte sich, während seine Tochter stehen blieb und mit ihrer Erklärung begann.

Das Briefing war gewaltig, und er war wie erstarrt über diese Informationsflut, die über ihn hereinbrach. Er hörte staunend und äusserst aufmerksam zu.

Danach begaben sie sich gemeinsam zurück ins Bundesratszimmer, wo die Stimmung hochkonzentriert und ruhig war.

Der Bundesrat blickte die beiden an und fragte: «Fragen, Bertrand?»

Bertrand Jacotet erwiderte: «Was genau ist meine Aufgabe?»

«Bitte wende dich von jetzt an direkt an Divisionär Ribotin. Er wird dir alles erklären und dich als seinen Stabsoffizier in dein Verantwortungsgebiet einweisen.»

Nach einer kurzen Pause fuhr der Bundesrat fort: «Wir machen weiter, die Zeit läuft uns davon! In wenigen Minuten werden Ihnen Sandwiches und Getränke serviert, anschliessend wird die heutige Sitzung beendet. Doch vorher möchte ich noch etwas klären. Bitte checken Sie Ihren Terminkalender … alle bereit?», und er blickte in die Runde. «Nächstes Briefing per Videokonferenz – Systemunterlagen folgen – morgen Freitag, sagen wir um 12:00 Uhr. Bemerkungen?»

Die im Raum anwesenden trauten sich nicht, den Termin infrage zu stellen und notierten sich diesen wortlos.

…nach der Entdeckung des Schatzes der Helvetier

Yevgen war bereits früh mit seinem Auto Richtung Genf unterwegs, um seinen ukrainischen Freund und Bekannten zu treffen: Juri Shevchuck, der den gesamten Gebrauchtwagenhandel von West- nach Osteuropa kontrollierte und auch sämtliche Zollbeamte dieser Länder in der Tasche hatte. Es gab kaum einen Gebrauchtwagen, der aus Westeuropa in den Osten geliefert wurde, bei dem Juri seine Hände nicht im Spiel hatte. Er galt als Oligarch und war Mäzen von Kunst in ganz Europa. Zudem hatte er in die englische «Premier League» investiert, und böse Zungen behaupten, dass er beide Seiten im ukrainischen Konflikt mit Russland unterstütze. Er war umgänglich, sehr freundlich, doch knallhart im Geschäft.

Kurz nachdem Yevgen im Bürogebäude des Oligarchen, das in einem Genfer Vorortsquartier lag, ankam, bemühte er sich am Empfang um einen persönlichen Termin. Die mit ihren langen, bunt verzierten Fingernägeln und den ebenso langen Wimpern ein wenig vulgär aussehende Empfangsdame musterte ihn von oben bis unten und begann in der Agenda nach einem Termin zu suchen. Da erklärte Yevgen ihr in scharfen, kurzen Worten: «In dieser Tasche sind einhundertzehntausend Schweizer Franken, die ich, gemäss Herrn Shevchuck, ihm heute persönlich überbringen muss. Fragen Sie ihn bitte.»

Er drehte sich abrupt um und setzte sich auf die Eckbank gleich nebenan. Nur eine solches Gehabe beeindruckte diese Sorte von «Vorzimmerpflanzen», wie er sie immer nannte.

Bereits nach wenigen Minuten wurde er gerufen und schritt durch die massive Holztür ins Zentrum des Reiches des Oligarchen. Dieser thronte hinter einem immensen, aus echtem ukrainischem Holz gefertigten Schreibtisch. Er sah Yevgen finster und erbost entgegen und bat ihn, sich zu setzen. Er kannte ihn seit Jahren, da Yevgen sein Gebietsvertreter in der Region Solothurn, bis Neuchâtel und Jura war.

Yevgen, nach kurzem Gruss, bat den Oligarchen das Gespräch nur allein mit ihm zu führen. Dieser begann rot anzulaufen, schickte jedoch die zwei anwesenden Personen aus dem Raum. Er wollte gerade explodieren, als Yevgen ihm nach dem Motto «Facts & Figures» eine Reihe von ausgedruckten Fotos der Fundgegenstände auf den Tisch legte und ihm präzise und detailliert berichtete. Dies war die Sprache, die Juri Shevchuck verstand. Der Oligarch begriff und verarbeitete die Komplexität dieser archäologischen Funde und die Wichtigkeit dieses intensiven Gespräches in einer Schnelligkeit, die Yevgen erstaunte und auch beeindruckte. Er hatte die gesamte Sachlage sichtlich auf Anhieb verstanden und messerscharf analysiert.

Nach zwei Stunden intensiver Besprechung – der Oligarch annullierte sämtliche Termine der nächsten Tage – gingen sie zusammen essen und verabredeten sich provisorisch für kommenden Montagmorgen in Neuenburg, wo Yevgen dem Oligarchen eine persönliche Führung des Fundortes geben sollte. Immer vorausgesetzt, dass er in der Lage war, diesen bis zu ihrem gemeinsamen Termin zu finden.

Am Ende vereinbarten sie noch, dass zur Kommunikation keine Telefone benutzt werden durften. Der Oligarch gab ihm eine geheime Website und einen persönlichen Code, wo sich Yevgen einloggen konnte, um relevante Mitteilungen zu hinterlegen oder solche vom Oligarchen zu erhalten. Der Oligarch liess ihn alles wiederholen, kontrollierte minutiös nochmals selbst den Zugang und entliess ihn mit freundlichen Worten.

Yevgen wusste mit Bestimmtheit, dass er nun einen Garanten für die gesamte Finanzierung, Logistik, Personalbeschaffung sowie Hebung dieses Schatzes als Partner ins Boot geholt hatte. Nur eine solche Persönlichkeit konnte diesen Schatz fachmännisch sicherstellen, zwischenlagern und danach die richtigen, aber auch solventen Käufer finden. Der Oligarch, dessen war er sich hundertprozentig sicher, war die einzig richtige Person für diese wichtige Angelegenheit.

Yevgen machte sich zufrieden auf direktem Weg zurück nach Biel.

Es war jetzt an ihm, den Schatz mittels diskreter Beschattung des Professors sowie seiner Assistentin aufzuspüren, um den ersten Teil des Erfolgs sicherzustellen. Dies würde dem Oligarchen erlauben, eine Einsicht und Grobschätzung dessen Wertes vorzunehmen.

Yevgen war sich sicher, dass die Beschattung dieser zwei Personen ihn schon in den nächsten 48 Stunden zum Fundort führen würde. Wissenschaftler, das wusste Yevgen, waren immer vollends in ihre Materie vertieft und hatten kein Gespür für tiefgreifende Sicherheit oder Vorsichtsmassnahmen ausserordentlicher Art.

Yevgen und der Oligarch hatten vereinbart, dass keine zusätzlichen Mitwisser oder Partner zugezogen würden. Der Oligarch hatte ausserdem versprochen, bei der in den nächsten Tagen vorgesehenen Schatz Besichtigung einen Vorschuss für den Juwelier mitzubringen und auch an Yevgen eine Anzahlung für «besondere Verdienste» zu leisten.

Während seiner Fahrt zurück nach Biel gingen ihm tausende Gedanken durch den Kopf. Nach seinem bevorstehenden Treffen mit Courvi, der ihm die Adressen der Assistentin sowie des Professors liefern sollte, wollte er bereits am folgenden frühen Morgen mit der Beschattung beginnen. Er beschloss, sich am ersten Tag nur auf die Assistentin zu konzentrieren. Diese Jasmine Jacotet war sicher die Delegierte des archäologischen Institutes für diesen Schatz und würde ihn, so war er sich sicher, noch am gleichen Tag ungewollt zum Schatz führen.

Spät am Abend traf Yevgen wiederum Courvi im Casino von Neuenburg, wo er von ihm wie vorgesehen die Adressen, Mobiltelefonnummern und Autokennzeichen der Wissenschaftler erhielt.

… nach der Entdeckung des Schatzes der Helvetier

Bereits vor 8 Uhr, es regnete in Strömen, wartete Yevgen in seinem Wagen, gleich gegenüber dem Eingang des archäologischen Instituts in Neuenburg, auf einem öffentlichen, hervorragend gelegenen Parkplatz.

Von hier aus konnte er alle ankommenden Autos diskret und aus der Nähe beobachten. Er hatte sich gut vorbereitet und einen Rucksack mit Taschenlampe, Einbruchwerkzeugen und vielen anderen kleinen Utensilien dabei, die ihm auch eine längere Beschattung erlauben würden.

Er wollte sich gerade eine Zigarette anzünden, als die Assistentin mit viel Elan um die Kurve kam und direkt an ihm vorbei zu den reservierten Parkplätzen der Universität fuhr.

Bereits eine halbe Stunde später kam sie wieder zurück zum Auto, wechselte die Schuhe, setzte sich hinter das Steuer und fuhr zügig Richtung Innenstadt. Der Regen hatte inzwischen aufgehört und die ersten Sonnenstrahlen brachen durch die Wolkendecke. So hatte er keine Mühe, ihr mit einem gewissen Sicherheitsabstand unbemerkt durch die ganze Stadt und danach Richtung Val-de-Travers zu folgen.

Yevgen kannte die Gegend nicht und wunderte sich, dass die Assistentin 30 Minuten später von der Hauptstrasse laut einer Strassenbeschilderung nach «Noiraigue» abbog. Er hatte keinen Schimmer, wo sie hinwollte. Danach ging es 15 Minuten steil durch den Wald, gemäss Beschilderung in Richtung eines Restaurants mit Namen «La Ferme Robert». Er hatte sich bereits seit der Abzweigung von der Hauptstrasse weit zurückfallen lassen und folgte mehr oder weniger nur noch seinem Instinkt. Plötzlich war er oben angekommen und erblickte ihren Wagen auf einem öffentlichen Parkplatz am Fusse riesiger Felswände des Canyon Creux du Van. Sie hatte bereits einen Rucksack über ihre Schulter geworfen und schritt, ohne sich umzublicken, in Richtung eines Wanderweges, der gleich neben der Gaststätte in Richtung des dahinterliegenden Waldes führte.

Yevgen beeilte sich, seinen Wagen zu parkieren, ebenfalls seinen Rucksack zu schultern und ihr unauffällig auf demselben Weg zu folgen. Sie hatte bereits einen grossen Abstand und schritt zügig den breiten Wanderweg entlang. Nun musste er im Schatten der Bäume vorsichtig weitergehen, um nicht von ihr entdeckt zu werden. Denn bei Verdacht auf Verfolgung würde sie ihre «Wanderung» augenblicklich abbrechen, da war er sich sicher. Dies musste er um jeden Preis verhindern, weshalb er seinen grossen Sicherheitsabstand beibehielt. So verlor er sie bereits nach knapp fünf Minuten aus den Augen. Doch glücklicherweise sah er sie wenige Minuten später wieder weiter hinten bei einer Biegung auf dem nun steil ansteigenden Weg. Er konnte sich in letzter Sekunde hinter einem Baum verbergen. Nachdem auch er bei der Wegbiegung angekommen war und der Weg wieder flacher wurde, konnte er sie nicht mehr sehen. Yevgen war sich jedoch instinktiv sicher, dass die Assistentin den Wald beim jetzt sichtbaren Waldrand verlassen hatte und sich irgendwo in unmittelbarer Nähe der riesigen Felswand befand.

Er versteckte sich im Unterholz hinter einer grossen Tanne und suchte mit seinen Blicken etwas verzweifelt die im Lichte der eben hervorkommenden Sonne liegenden Wiesen und grossen Felsbrocken ab. Nichts zu sehen – sie war vom Erdboden verschwunden! «Nur Geduld», sagte er sich. «Sie muss ja irgendwo hier drüben sein!»

Nach fast 30 Minuten – seine Geduld war wirklich überstrapaziert – sah er plötzlich keine 50 Meter vor ihm eine kleine hügelige Erhöhung, aus der sie ihren Kopf steckte und vorsichtig herausspähte. Sie sah sich um und stieg danach flink aus einem Loch, das sie anschliessend mit Ästen, Holz und Heu abdeckte. Es traf ihn wie der Blitz: Das war der Eingang zum Versteck des Schatzes, wie von Courvi richtig vermutet!

Yevgen versteckte sich schnell im nahen Unterholz und wartete, bis die Assistentin des Professors an ihm vorbeikam und zurück in Richtung Parkplatz ging.

Sein Puls war nun auf 180, und er erhob sich und wartete noch einige Minuten, bevor er sich aufmachte und in Richtung der hügeligen Erhöhung schritt. Er nahm sich Zeit und prägte sich in allen Einzelheiten jedes geringfügige Detail des Eingangs ein, der fachmännisch, fast unsichtbar fürs normale Auge, zugedeckt war.

Er machte sogar ein Foto, um nach seinem Besuch alles so wiederherstellen zu können, wie er es vorgefunden hatte.

In wenigen Minuten hatte er den Eingang freigelegt und stieg hinunter in die Höhle. Er fluchte, als er die verschiedenen Skelette vorfand, und wollte die Aktion bereits abbrechen, da er immerhin nicht auf der Suche nach Gräbern oder ähnlichem war. Im Wissen der gesehenen Funde trieb es ihn jedoch weiter nach hinten in die Höhle, und plötzlich erblickte er im Schein seiner Taschenlampe eine unermessliche Anzahl verstaubter Fundstücke, die überall verstreut waren. Er ging in die Knie und fasste vorsichtig einige Gegenstände an. Als er den ersten vom Staub befreite, wurde ihm ganz komisch zumute. Das war Realität und kein Traum – hier lagen hunderte von goldenen Kelchen, Kerzenständern, Schmuckstücken und Goldbarren sowie tausende von Münzen herum, die ihm bestätigten, dass es sich um einen grossen Schatz von unermesslichem Wert handelte, den nur sehr wenige Menschen jemals zu Gesicht bekommen hatten. Nachdem er dutzende von Fotos gemacht hatte, verwischte er seine Spuren, die zum Teil gut sichtbar waren, und beeilte sich, aus dieser unheimlichen wie auch faszinierenden Höhle herauszukommen, um schnellstens nach Biel zurückzukehren. Er wollte noch über Mittag einen detaillierten Bericht für den Oligarchen zusammenstellen und ihm diesen anschliessend zukommen lassen. Er verliess den Ort jedoch nicht, ohne die ganze Abdeckung des Höhleneingangs zu rekonstruieren und für den Laien unsichtbar zu machen.

Während er in Richtung Parkplatz hinunterging, schossen ihm viele Gedanken durch den Kopf. Er wunderte sich unter anderem, dass er der Versuchung hatte widerstehen können, irgendeinen der äusserst wertvollen Gegenstände mitgehen zu lassen. Da war, in dieser Höhle, das hatte er deutlich gespürt, eine Aura, die ihn ehrfürchtig erschauern liess und ihn ganz in deren Bann zog. Er schüttelte den Kopf, als wollte er sich von diesen esoterischen Gedanken befreien, um sich wieder der Realität hinzuwenden.

Sein Lebensmotto war schon immer «Cash» und nicht irgendwelche Klunker, auch nicht solche von grossem Wert. Er hatte sich in seinem bisherigen Leben noch nie die Hände gross verbrannt, kleine Delikte ausgenommen, und sich niemals an Wertgegenständen der «Champions League» vergriffen.

Zu Hause in Biel angekommen, machte er sich augenblicklich daran, die geheime Website des Oligarchen mittels seines geheimen Logins zu öffnen, um die Fotos und seine Kommentare hochzuladen.

Danach ging er in seine Stammkneipe, um ein Bier zu trinken. Dort borgte er sich mittels einer fadenscheinigen Ausrede das Mobiltelefon eines Bekannten und sandte dem Oligarchen eine SMS, um ihn auf die eben erfolgte Hochladung des Berichtes sowie der Fotos aufmerksam zu machen. Danach löschte er die SMS, um keine Spuren zu hinterlassen.

Als er wenige Stunden später zu Hause seinen Computer hochfuhr und die geheime Website aufrief, sah er bereits die Antwort des Oligarchen. Wie abgesprochen, wollte er sich die Sache selbst ansehen und terminierte sein Kommen auf den folgenden Morgen. Er solle ihn direkt um 08:30 Uhr in Noiraigue im Restaurant beim Bahnhof treffen.

Einige Stunden früher, am selben Samstagmorgen

An diesem frühen Vormittag war auch der Druide wieder mit einer Mitarbeiterin der Gaststube ab Noiraigue zur Ferme Robert hochgefahren. Das Wetter war schlecht, doch die Sonne drückte sich bereits einen Weg durch die dichten Wolkenschwaden, die über den Creux du Van zogen. Kaum waren sie oben angekommen, war der blaue Himmel zu sehen und die Sonne schien kräftig in den ganzen Talkessel, der sich schnell aufwärmte.

Der Druide wollte sich noch nicht in die düstere Gaststube begeben, zu schön war die Stimmung in der einmaligen Natur hier oben. Die Touristen kamen heute ohnehin später, da die Wetterprognose erst gegen Mittag eine Besserung versprach. Dies war der ideale Moment, um sich seine alten Füsse zu vertreten, und so begab er sich hinter die Gaststätte zu einer in der Nähe stehenden Aussichtsbank, von wo er eine ausgezeichnete Sicht in den Talkessel sowie auf die mächtige Wand hatte. Kaum war er oben, entkam ihm ein Seufzer – «wie schön es hier doch ist», dachte er und liess seinen Blick begeistert über die Aussicht schweifen.

Nach wenigen Minuten erblickte er gleich unterhalb seiner Bank eine junge Touristin mit grossem Rucksack, die mit elegantem Gang, wippendem Pferdeschwanz und ausholenden Schritten den Wanderweg Richtung Wald entlangging. Er wunderte sich, dass diese Frau bereits jetzt, wo alles noch tropfnass war, diesen beschwerlichen Weg auf sich nahm. Sie wollte wahrscheinlich den steilen Aufstieg auf das Hochplateau noch vor Mittag schaffen und oben, bei gutem Wetter, die bestechende Aussicht in den Creux du Van und die umliegende Region geniessen.

Kaum hatte er diese Gedanken zu Ende gebracht, sah er einen dunkel gekleideten Mann, ebenfalls mit Rucksack, der sich von Baum zu Baum schlich, um, dies war für den Druiden offensichtlich, nicht von der vorausgegangenen, jungen Frau entdeckt zu werden. Die Situation war so seltsam und irgendwie auch bedrohlich, dass sich der Druide intuitiv entschloss, der Sache auf den Grund zu gehen. Er machte sich sofort auf den Weg, um diesem Individuum zu folgen.

Er kannte eine kleine Abkürzung und war, trotz seiner Altersbeschwerden, relativ schnell auf dem Wanderweg, von wo er weiter vorne klar und deutlich diesen komischen Mann erblickte. Auch der Druide schlich sich nun von Baum zu Baum, um nicht entdeckt zu werden, und folgte ihm vorsichtig. Bereits wenig später musste er sich gut verstecken, da er ihn schräg gegenüber in den Wald abbiegen sah. Der Druide wartete hinter einem Baum und blickte von Zeit zu Zeit hervor, um den Mann nicht aus den Augen zu verlieren. Dieser hielt sich jedoch schon seit einigen Minuten am selben Ort auf, praktisch bewegungslos und nur schwerlich durch das Unterholz zu erblicken. Seine Silhouette hob sich nur schwach von dem hellen Hintergrund ab.

Da der Druide nicht gut zu Fuss war und der Untergrund, auf dem er stand, mit Ästen und Sträuchern übersät war, kam ihm der Umstand, dass der «Schleicher» praktisch immobil vor Ort verweilte, sehr entgegen. Er war ein wenig aufgeregt, denn eine solche Strapaze hatte er sich seit Monaten nicht mehr auferlegt. Sein Leben war zu geruhsam, um im Walde zu stehen und verdächtige Gestalten auszuspionieren. «Was soll's?», sagte er sich, «ich habe ja Zeit und die Bewegung tut mir gut!»

Seine Neugier war grösser als seine Bedenken, und er setzte sich in das nasse Unterholz und wartete auf die nächste Aktion in dieser spannenden Verfolgungsgeschichte.

Nach etwa 20 Minuten wurde es ihm unangenehm, da er langsam, aber sicher unterkühlte und die Feuchtigkeit sich bemerkbar machte.

Er schaute auf die Uhr und schwor sich, nur noch weitere fünf Minuten Geduld zu üben und danach wieder zur Gaststätte zurückzukehren und endlich etwas Warmes zu sich zu nehmen.

Endlich, die fünf Minuten waren schon deutlich um, erblickte der Druide erneut die junge Frau mit ihrem Pferdeschwanz, die mit zügigen, grossen Schritten den Wanderweg zurückkam. Der Druide duckte sich noch tiefer, um für sie nicht sichtbar zu sein, und wartete, bis sie an ihm vorbeikam. Kaum war sie ausser Sichtweite, ging er, so schnell er konnte, denselben Weg hoch, um dem «Schleicher» näherzukommen. Von ihm war nichts mehr zu sehen, was den Jagdinstinkt des Druiden weckte, und er drang nun ebenfalls ins Unterholz ein, zu der Stelle, wo er ihn letztmals von weiter unten gesehen hatte. Kaum an der Stelle angekommen, entdeckte er auf einer kleinen Erhöhung den Gesuchten, der sich anschickte, vorsichtig in ein Loch hinunterzusteigen. Er sah sich dauernd um und wollte sichtlich nicht von anderen Personen beobachtet werden.

«Wirklich merkwürdig», murmelte der Druide vor sich hin und ging, sobald der Mann im Loch verschwunden war, ebenfalls dorthin. Er staunte über die Existenz einer Höhle, die sich vor ihm auftat. «Was war wohl so interessant da unten, um die Aufmerksamkeit dieser jungen Frau und gleichzeitig auch die des Schleichers zu wecken?», überlegte er leise.

Für den Moment war seine Neugier gestillt. Er konnte sich keinen Reim darauf machen und wollte vor allem wieder zurückkehren, um nicht von diesem komischen Mann entdeckt zu werden. Gesagt, getan! Der Druide beeilte sich auf dem Weg zurück, um nicht doch noch im letzten Moment gesehen zu werden.

Als er in der Gaststätte ankam und sich an «seinen» Tisch setzte, erblickte er schräg gegenüber wiederum diese junge Frau, die gerade ihren Pferdeschwanz neu zusammenfasste und anschliessend genüsslich ein warmes Getränk zu sich nahm.

Sie war eine hübsche und attraktive junge Frau mit einer gewissen Eleganz und schien keineswegs gestresst oder nervös zu sein. Gerade, als der Druide diesen Gedanken zu Ende gebracht hatte, erhob sie sich, um ihr Getränk zu bezahlen. «Blöd, wirklich dumm von mir», dachte der Druide. «Anstatt sie zu bewundern, hätte ich sie besser in ein belangloses Gespräch verwickeln sollen, um etwas herauszufinden.» Jetzt war die Gelegenheit dahin, schon schritt sie zum Ausgang und entfernte sich in Richtung Parkplatz.

Sie machte den Eindruck einer Person mit Intelligenz und höherem Fachwissen irgendeiner Fakultät wie Geologie oder … Archäologie oder …

«Himmeldonnerwetter, bin ich blöd», sprach er zu sich selbst, und dies um einiges zu laut. Sogar am Nebentisch wurden die Worte gehört, und zwei Touristen drehten sich zu ihm um und schmunzelten.

Auch er musste lachen und nickte den Leuten zu. Sofort war er wieder in Gedanken, diesmal, ohne zu sich selbst zu sprechen. «Natürlich, da ist etwas in der Höhle gefunden worden und wird mit grosser Diskretion und Verschwiegenheit wissenschaftlich untersucht. Aber was hat der Schleicher damit zu tun, wie passt er in diese Geschichte?»

Er kratzte sich nachdenklich am Kinn. «Mein Gott, da bin ich auf eine grosse Sache gestossen. In die Höhle runter, um meine Neugier zu befriedigen, kann ich nicht, das ist bei meinem schlechten Allgemeinzustand unmöglich.» Er sinnierte weiter und wollte im Moment mit niemandem darüber reden oder diskutieren. Er fühlte förmlich die Bedeutung der heutigen Geschehnisse und der Entdeckung eines Einganges in eine Höhle. Sein Herz klopfte wild und sein Mund war völlig ausgetrocknet. Er kam zur Überzeugung, sich nur an eine vertrauliche Drittperson wenden zu können, um ihr diese grosse Sache anzuvertrauen.

Sofort dachte er an seine neue Bekanntschaft, den Schriftsteller Heinz Baltiger. Er wollte mit ihm, und nur mit ihm, diese Vorfälle schnellstmöglich diskutieren.

Vielleicht waren dort unten helvetische Fundstücke entdeckt worden? Oder noch besser … vielleicht handelte es sich um den Fundort des helvetischen Schatzes, wie er es von seinem Vater und der Sage um Adolar erfahren hatte. Jetzt wurde dem Druiden angst und bange … genau, das war auch der Grund, warum der Schleicher hinter der jungen Frau her war. Er zitterte leicht, als diese Hypothese ihm wie ein Blitz einschoss, und wollte schnellstens zurück ins Dorf in seine kleine Wohnung, um mit dem Schriftsteller zu telefonieren. Er trank rasch einen Kaffee und machte sich dann auf den Weg zurück nach Noiraigue.

Der Druide war schneller zu Hause als gewöhnlich, da ein Lieferant der Gaststätte ihn auf halbem Weg mitnahm und direkt vor der Türe seiner Wohnung absetzte. Dort angekommen, machte er sich sogleich auf die Suche nach der Visitenkarte des Schriftstellers und setzte sich, um mit ihm zu telefonieren.

Sein Anruf wurde leider nicht vom Schriftsteller persönlich entgegengenommen, sondern von seiner Frau, die ihm versprach, dass Heinz Baltiger ihn gleich nach seiner Rückkehr von einem Kongress im Ausland umgehend zurückrufen werde. Leider musste sich der Druide noch einige Tage in Geduld üben, da der Schriftsteller erst am nächsten Donnerstag zurückkehren würde.

...nach der Entdeckung des Schatzes der Helvetier

Zur abgemachten Zeit trafen sich der Oligarch und Yevgen beim Bahnhof in Noiraigue und fuhren mit nur einem Auto zur Ferme Robert hoch. Mit dem genau gleichen Prozedere wie am Vortag stiegen sie gemeinsam in die Höhle ein, um diese bereits eine halbe Stunde später wieder zu verlassen und gemeinsam zurück nach Noiraigue zu fahren, ohne auch nur ein Wort miteinander zu wechseln. Danach tranken sie gemeinsam auf der Terrasse eines Restaurants einen Kaffee und der Oligarch ergriff schliesslich das Wort. Er schien mehr als beeindruckt und sprach: «Dieser Schatz hat eine riesige Dimension und braucht eine gewaltige Logistik für die Hebung und den Transport an einen sicheren und geheimen Ort.

Yevgen, ich will auf keinen Fall, dass Sie sich weiterhin in Ihrem vertrauten Umfeld bewegen und vielleicht auf dumme Gedanken kommen. Die Versuchung ist zu gross!» Er schien zu überlegen, während er Yevgen ernst und irgendwie unheimlich anschaute. «Wir fahren jetzt direkt zusammen nach Genf. Ihren Wagen lassen wir irgendwo am Neuenburger See zurück. Während der Fahrt werde ich Ihnen meinen Plan für die Hebung des Schatzes erklären.»

Bis jetzt hatte Yevgen kein Wort gesprochen, jedoch räusperte er sich jetzt und sagte mit fester Stimme: «Es geht meiner Überzeugung nach zuerst um den Vorschuss für meinen Informanten Courvi – wir müssen das schnellstens erledigen, denn so können wir ihn zum Stillschweigen verpflichten! Ausserdem ist es besser, ich fahre nach Biel, stelle meinen Wagen in meine Garage, wo er nicht sichtbar ist, und komme anschliessend noch am frühen Nachmittag mit dem Zug nach Genf.»

«Einverstanden, logische Überlegung», sagte der Oligarch nickend, «hier die abgesprochenen 10'000 Franken für den Juwelier», und reichte ihm einen Umschlag. «Behalten Sie aber nicht alles ein, ich meine als Rückzahlung seiner Schulden. Sonst fühlt er sich verraten und vertraut uns nicht mehr», sagte er mit eindringlicher Stimme zu Yevgen.

«Nehmen Sie nur einen Anteil an seine Schuldentilgung, somit zeigen Sie Grösse und gleichzeitig guten Willen für eine weitere Zusammenarbeit.

Ihren Anteil an dieser Operation werden wir in Genf miteinander verhandeln und alles Weitere besprechen. Ich sage Ihnen nur soviel, bringen Sie Ihren Pass mit ... Weiteres werde ich Ihnen in meinem Büro erklären».

«Geht klar», meinte Yevgen, verabschiedete sich vom Oligarchen und stieg in seinen Wagen. Er schaute auf die Uhr und fuhr direkt in die Altstadt von Neuenburg, um Courvi aufzusuchen und die finanzielle Angelegenheit mit ihm zu bereinigen. Er fand ihn direkt in seiner Wohnung oberhalb der Bijouterie vor, wo er normalerweise immer anzutreffen war.

Als er ihm die CHF 10'000 auf den Tisch legte und wiederum CHF 2'500 als Teil der Rückzahlung der Schulden in seinen Sack zurücksteckte, war Courvi ganz aus dem Häuschen. Er strahlte wie ein Maikäfer und bedankte sich überschwänglich. Yevgens Besuch bei ihm war kurz und bündig, danach fuhr er nach Biel an seinen Wohnort, packte einige Sachen zusammen und bestellte ein Taxi, das ihn zum Bahnhof brachte. Wie vorgesehen kam er am frühen Nachmittag im Büro des Oligarchen an, von dem er sofort empfangen wurde. Er bat Yevgen, sich zu setzen und kam sofort und ohne Umschweife zur Sache:

«Ich habe bereits Flugtickets bestellt. Wir fliegen noch heute Abend nach Kiew und werden morgen früh einen alten Bekannten von mir treffen, der eine Söldnertruppe zusammenstellen wird, um den Schatz zu heben, abzutransportieren und sicherzustellen.

Ich habe mir vorgenommen, den Beginn dieser Operation innerhalb von spätestens einer Woche zu realisieren, und die Abwicklung vor Ort im Creux du Van wird kaum länger als 24 Stunden in Anspruch nehmen. Wir müssen uns beeilen, es ist nicht anzunehmen, dass die Schweizer Behörden diesen Schatz länger in der Höhle belassen. Auch sie haben die Vorbereitungen für dessen Hebung und Abtransport sicher schon in Angriff genommen. Wie alle Behörden dieser Welt brauchen sie aber bestimmt mindestens drei Wochen für eine Operation dieser Dimension. Provisorisch bewachen können sie die Höhle nicht, das wäre zu auffällig. Stattdessen gehen sie das kalkulierte Risiko einer unbedachten Entdeckung der Höhle während dieser Zeit ein. Was sind schon drei Wochen, nachdem der Schatz über 2060 Jahre unberührt auf seine Entdeckung wartete? Es ist also ein Wettlauf gegen die Zeit bis zum Beginn des

Abtransportes – wir müssen schneller sein! Die Zeit läuft sozusagen gegen uns!

Sie und ich werden ab sofort die Vorbereitungen für dieser Operation mit all unserer Energie minutiös und mit militärischer Präzision vorantreiben. Ausserdem brauchen wir genaue Karten dieser Region Neuchâtel sowie der Region um den Militärflugplatz Payerne. Von diesem Militärflugplatz werden wir den Schatz ins Ausland ausfliegen.

Ich bitte Sie, Yevgen, suchen Sie nach unserem Gespräch im Internet die Karten der Region. Alle Karten doppelt! Erklärungen meiner Überlegungen erhalten Sie von mir während unseres gemeinsamen Fluges. Unser Partner in Kiew kennt meine Pläne noch nicht und wird vorsichtshalber noch keine Details erhalten. Wir brauchen zuerst seine bedingungslose Zustimmung für dieses Projekt.»

Der Oligarch musste einen dringenden Anruf entgegennehmen, sodass Yevgen vorerst durchschnaufen konnte. Die Aufnahme und Verarbeitung dieser gewaltigen Flut von Informationen überlasteten ihn sichtlich und er bediente sich an dem bereitstehenden Tee. Das warme Getränk tat ihm gut und seine Geister erwachten wieder.

Der Oligarch wandte sich wieder an Yevgen, nachdem er sein Telefonat beendet hatte, und fuhr fort:

«Nun zu Ihrem Anteil, Yevgen: Ich offeriere Ihnen zehn Prozent des Verkaufserlöses des Schatzes und zusätzlich die Vergütung aller Spesen. Hier ein Umschlag mit Spesengeld in Schweizer Franken und Dollar im Wert von circa 5'000 Franken. Gehen Sie sparsam damit um, dieses Geld wurde hart verdient. Wenn wir wieder zurück in der Schweiz sind, werde ich Ihnen nochmals einen Vorschuss für künftige Spesen auszahlen.

Weitere Informationen werde ich Ihnen nach und nach mitteilen, alles zu seiner Zeit. Ach ja, noch etwas«, und er blickte Yevgen drohend an. «Sollte irgendetwas mit Ihnen schieflaufen oder sollten Sie auf dumme Gedanken kommen, werden Sie mich von einer anderen Seite kennenlernen – habe ich mich klar ausgedrückt?«

Yevgen schluckte, sah den Oligarchen direkt an und erwiderte: «Ich werde alles tun und mich voll einsetzen, ich verspreche es!»

Der Oligarch nickte und schien zufrieden. Dann öffnete er eine Schublade seines Pultes und entnahm ein Paket, das er auf den Tisch legte. «Das hier ist für alle Fälle, bleibt aber noch hier, bis wir wieder aus Kiew zurück sind. Eine Pistole Marke Walter mit Munition. Können Sie überhaupt damit umgehen?»

«Selbstverständlich», meinte Yevgen, «ich habe meinen zweijährigen Militärdienst in der Ukraine geleistet – kein Problem. Und … danke!»

Yevgen fühlte sich vom Oligarchen vollumfänglich unterstützt, was ihm Kraft und Selbstvertrauen gab. Für die kommenden Tage musste viel Arbeit in Angriff genommen werden und er schätzte sich glücklich, einen potenten, kompetenten und intelligenten Partner an seiner Seite zu wissen. Zumindest im Moment konnte er ihm vertrauen – solange der Rubel rollte.

«Noch etwas», fügte der Oligarch hinzu. «Um 18 Uhr müssen wir am Flugplatz sein! Übrigens werden wir heute begleitet von einer Sicherheitsperson, die uns sowie den mitgeführten Bargeldbetrag vor eventuellen schlecht zugeneigten Personen beschützen soll.» Er nickte Yevgen zu.

«Im Flugzeug haben wir Zeit, alles durchzugehen und zu besprechen. Alles Weitere, was ich nicht in dieser verbleibenden Stunde erledigen kann, werden wir zuerst am Flugplatz Genf, dann nach dem Flug und anschliessend vor Ort vorbereiten, abklären und organisieren.»

Yevgen ging nach diesem langen Gespräch beim Oligarchen wie aufgefordert in das nebenliegende Büro, um die Karten zu beschaffen.

Eine Stunde später fuhren sie gemeinsam mit dem Bodyguard direkt zum Flughafen Genf.

...nach der Entdeckung des Schatzes der Helvetier

Am Montagmorgen um 10 Uhr begaben sich Yevgen und der Oligarch in das bereits im Voraus reservierte Sitzungszimmer ihres Hotels im Zentrum von Kiew, zusammen mit dem Bodyguard Joe. Die ganze Zeit schon wich Joe nicht von der Seite des Oligarchen und blieb immer in seiner unmittelbaren Nähe.

Fast gleichzeitig traf der Bekannte des Oligarchen, ein militärischer, vierschrötiger Typ mittleren Alters namens Bohdan mit Kurzhaarschnitt und brutalem Aussehen ein und begrüsste sie mit knallhartem Handschlag. Auch er war im selben Hotel einquartiert.

Dies war vom Oligarchen noch vor dem Abflug in Genf organisiert worden um jetzige, wie auch kommende Gespräche, Verhandlungen usw. kurzfristig vorantreiben zu können.

Bohdan war Kommandant einer unabhängigen, internationalen Söldnertruppe der ukrainischen Regierung, die hinter der Frontlinie, ganz im Geheimen, gegen die Einheiten der russisch geführten 1) «Speznas» im Osten der Ukraine kämpfte und nun, während des mehr oder wenig eingehaltenen Waffenstillstands, im «Stand-by-Modus» verharrte. Eine richtige Filmfigur ... Der Oligarch stellte Yevgen kurz vor und kam sofort zur Sache.

Er erklärte dem Kommandanten die Sachlage, wenn auch nur in groben Zügen und ohne den Umfang oder die Wichtigkeit des Schatzes zu präzisieren. Es ging in erster Linie um eine eventuelle Zusammenarbeit, deren ungefähre Kosten und die Bereitschaft des Kommandanten, eine militärisch organisierte Söldner-Einsatztruppe aufzustellen, komplett zu bewaffnen, anzuführen und deren Mission in allen Belangen kurzfristig voranzutreiben.

---

1) Speznas, russische Abkürzung für besondere Einsatzkräfte (spezialnowo nasnatschenija)

Der Oligarch wusste nur zu gut, wie er mit diesem korrupten Militäroffizier umzugehen hatte. Er machte eine kurze Bewegung mit seinem Kopf in Richtung seines Bodyguards, der daraufhin, mit feierlicher Miene, einen kleinen, schwarzen Reisekoffer zwischen die Parteien stellte.

«Hier in diesem Koffer, Kommandant Bohdan, befinden sich 100'000 Dollar als erster Motivationsvorschuss, der es Ihnen erlauben wird, über die vorzubereitende Operation nachzudenken und Ihren Vize-Kommandanten in die Überlegungen einzubeziehen und ebenfalls mit einem Vorschuss zu versehen.

Zudem brauche ich, bevor ich Sie komplett in die Geschichte einweihe, Sicherheiten von Ihrer Seite!»

Der Kommandant sah den Oligarchen verdutzt an und erwiderte arrogant und grossspurig: «*Sie* sollten», und er zeigte mit dem Finger auf den Oligarchen, «Sicherheiten bieten. Das Risiko ist doch auf unserer Seite. Mit 100'000 Dollar kann und will ich niemals eine bewaffnete Truppeneinheit zusammenstellen und für Sie in die Schweiz dislozieren. Da beisst sich doch die Katze in ihren eigenen Schwanz.»

Der Oligarch lachte laut, jedoch ohne sichtbare Mimik und übernahm wieder das Gespräch, indem er sich an den Kommandanten wandte:

«Wir fliegen bereits morgen früh zurück in die Schweiz und werden in Genf Ihrer Vertrauensperson, die uns begleiten wird, weitere 200'000 Dollar als Vorschuss für Sie übergeben – vorausgesetzt, Sie erfüllen die von mir verlangten Sicherheiten. Bereits einen Tag später stellen wir Ihnen erneut einen solchen Betrag in Genf zur Verfügung. Am Dienstag werden wir wieder hier in Kiew sein und uns am Abend über Ihre bereits vorgenommenen Vorbereitungen detailliert updaten.

Zu diesem Zwecke und zu Ihren Gunsten werden wir wieder einen Koffer mit dem üblichen Betrag als Vorschuss dabeihaben. Sollten Sie weitere Vorschüsse benötigen, werden wir dies so lange fortsetzen, bis alle Unkosten gedeckt sein werden.«

Jetzt war es der Oligarch, der den Kommandanten wütend ansah und hinzufügte: «Sie entscheiden bis heute Abend 18 Uhr, ob Sie dieser Verpflichtung zu meinen Konditionen vollumfänglich nachkommen können! Entscheiden Sie zu meinen Ungunsten, werden Sie diesen Koffer nicht erhalten! Die Sicherheit, die Sie mir stellen sollen, ist Hauptbestandteil unseres Vertrauensverhältnisses – Geld gegen eine persönliche Sicherheit.»

Nun war der Kommandant sichtlich gefordert und blickte den Oligarchen misstrauisch an, während er seine Stirne runzelte wie bei einem chinesischen Shar-Pei-Hund und sagte er in einem weit freundlicheren Ton:

«Was stellen Sie sich denn als Sicherheit vor, Herr Shevchuck? Soll ich Ihnen meinen Porsche oder gar meine Mutter als Garantie in die Schweiz bringen, oder …?» Er hielt inne und sah den Oligarchen an. Als er begriff, blieb ihm der Mund offenstehen und leichte Schweissperlen begannen sich an seiner Stirn zu formieren. «Nein, niemals», sagte er mit lauter Stimme, «Sie glauben doch selbst nicht, dass ich Ihnen als Pfand meine kleine Tochter Oleksandra in Gewahrsam gebe? Nie im Leben – no way!»

«Sie gönnen wohl Ihrer Tochter keine zwei Wochen Ferien in der Schweiz?», meinte der Oligarch. «Es geht allein um den Wert des gesamten Informationsinhaltes und der Ware, die ich Ihnen anvertrauen werde, und nicht um den Erfolg oder auch Misserfolg der Mission! Ich muss schlussendlich meine Investition und auch meinen daraus resultierenden zukünftigen Gewinn sicherstellen! Die Ware, sobald gehoben und abtransportiert, muss von Ihnen so sorgfältig und sicher behandelt werden, als wäre sie die Ihre. Mit Ihrer persönlichen Sicherheit werden Sie das auch nie infrage stellen … oder? Sie allein sind verantwortlich für die von Ihnen auszuwählenden Leute und nur Sie können mir gewährleisten, dass niemand von denen sich des Schatzes bemächtigt, Verrat übt oder auch nur Bruchstücke von Informationen weitergibt.

Wir werden uns gut um Ihre Tochter kümmern und sie Ihnen nach Beendigung der Mission unversehrt zurückgeben. Zudem wird Sie um einen Aufenthalt in der schönen Schweiz reicher sein, und das nur im besten Sinne.

Überlegen Sie sich alles nochmals – wir sehen uns um 18 Uhr wieder hier in der Lobby. Ich werde Ihnen, sofern Sie mir zusagen, meinen Plan für die Umsetzung der Hebung des Schatzes in allen Einzelheiten erklären. Nur so viel: Nach erfolgreichem Abschluss der Operation in der Schweiz werden Sie zwei Millionen Schweizer Franken in Bar – und das vor Ihrer Abreise zurück in die Ukraine – erhalten, das schliesst auch die Prämie für die Söldner ein. Die genau gleiche Summe werden Sie ein zweites Mal – nach Verkauf des Schatzes an meine Partner – zusätzlich, sagen wir, mal innerhalb von weiteren 30 Tagen erhalten.»

Nun war der Kommandant völlig fertig. Kleine Schweissrinnsale liefen ihm über das ganze Gesicht in Richtung Kinn und er musste sie mithilfe einer Serviette, die auf dem Tisch lag, abwischen. Dies waren auch für ihn enorme Beträge, die in Bezug auf die Kaufkraft im Verhältnis zur ukrainischen Währung UAH um vieles mehr wert waren. In der Ukraine war im Moment nichts zu holen, und er wusste, dass dies eine einmalige Gelegenheit war, «Vermögensbildung» zu betreiben. Einmal auch so eine Art Oligarch zu spielen, hatte ihn schon immer fasziniert!

Nun stand er auf, ging um den Tisch herum, streckte seine Hand dem Oligarchen entgegen, der provokativ sitzen blieb, und willigte, ohne jegliche Konditionen, ein. Der Deal war nun unter Dach und Fach, sodass die Vorbereitungen für eine umfassende Sitzung sofort beginnen konnten und der vorgesehene Termin für 18 Uhr hinfällig wurde.

Der Oligarch liess sich nicht lumpen und bestellte zur Feier des Tages eine Flasche französischen Champagner. Der Krimsekt war aus politischen Gründen Tabu. Sie prosteten sich gegenseitig zu und wünschten sich Erfolg und gutes Gelingen. Der immer noch stehende und wachsame Bodyguard des Oligarchen blieb jedoch bei Coca-Cola und blickte mürrisch in die Runde, als traute er der ganzen Sache nicht.

Nach einer kurzen Pause, in der die Gläser mit Champagner immer wieder gefüllt und sogleich leer getrunken wurden, räusperte sich der Oligarch und mahnte die gesamten Anwesenden wieder zur Ordnung, um die Sitzung wiederaufzunehmen.

Während der Champagner floss, hatte der Bodyguard die Abhörsicherheit des Raumes fachkundig mithilfe eines elektronischen Apparates auf alle Arten von eventuellen eingebauten Mikrofonen, Sendern, Aufzeichnungsgeräten usw. untersucht. Dasselbe tat er ebenfalls bei allen anwesenden Personen inkl. des Oligarchen, indem er das Gerät bei jedem am Körper entlangführte. «Alles klar, Herr Shevchuck», meinte Joe schliesslich dienstbeflissen und schlug vor, auch alle Mobiltelefone in Obhut zu nehmen, um keinem der Herren die Gelegenheit zu geben, eine Aufnahme der bevorstehenden Gespräche vorzunehmen. Sie nickten alle ausnahmslos und übergaben dem Bodyguard ihre Mobiltelefone.

Der Oligarch bat Yevgen, die Historik der vorangegangenen Ereignisse in der Schweiz von Anfang an vorzutragen, um dem Kommandanten die Bedeutung und die Grössenordnung dieses Schatzes näherzubringen.

Yevgen stand auf und begann mit seinem Vortrag, in dem er neutral die vorangegangenen Ereignisse darlegte, ohne Namen zu nennen.

Dann war es an der Zeit, seine Präsentation am hoteleigenen Grossbildschirm zu starten, um die Wirkung zu erhöhen. Er zeigte verschiedene Bilder einiger weniger Schmuckstücke und Diamanten im Detail sowie grössere Aufnahmen der Höhle, auf denen die riesige Ansammlung weiterer Fundstücke gut ersichtlich war. Diese Gesamtübersicht der Fundgegenstände und deren Grössenordnung tat ihre Wirkung auf den Kommandanten – er war schlichtweg bereits in eine Traumlandschaft eingetaucht.

Genau in diesem Sinne hatte der Oligarch Yevgen im Voraus Instruktionen erteilt, um den geldgierigen Kommandanten so zu motivieren, dass er ihnen sprichwörtlich aus der Hand frass. Jedoch sollten ihm, aus Vorsicht, nur etappenweise Informationen zufliessen.

Jetzt war es wieder der Oligarch, der die Führung der Sitzung an sich riss und den Kommandanten arrogant ansah, während er sagte:

«Kommandant Bohdan, sind Sie sich überhaupt bewusst, dass Sie heute, dank mir eine einmalige Chance erhalten, Geld in einem riesigen Umfang zu verdienen? Ich erwarte von Ihnen und Ihrer Truppe ab sofort eine den Umständen entsprechende, disziplinierte und professionelle Einstellung. Nach erfolgreichem Abschluss dieser Operation wird die ganze Welt von Ihnen und Ihrer Phantomtruppe reden und Folgeaufträge werden Ihnen zu Dutzenden zukommen! Das ist nur der Anfang einer steilen Laufbahn für Sie in diesem Bereich und wird Sie zu einem äusserst bekannten und reichen Mann machen.»

Jetzt, wo dem Kommandanten klar und deutlich vor Augen geführt wurde, worum es ging und wie seine Zukunft aussehen würde, hatte diese Ansage des Oligarchen ihn völlig gepackt – er war sozusagen hypnotisiert. Der Oligarch schmunzelte innerlich und trumpfte noch weiter auf, indem er seine Vorstellung für den Ablauf der Operation auf den Tisch legte:

«Hier mein Plan in groben Zügen, der im Laufe der kommenden Tage noch einiges an Veränderungen erfahren dürfte:

Die von Ihnen bereitgestellte Truppe wird in die Schweiz auf dem Strassenweg, getarnt als Rugby-Mannschaft, dislozieren.

Ihr Gesamtauftrag besteht in der Sicherung des Fundortes und der Hebung dieses Schatzes vor Ort, dem Transport zu einem nahegelegenen schweizerischen Militärflughafen sowie der Mithilfe zur Eroberung und Besetzung dieser Anlage. Ausserdem sind Sie für die Verladung und den Transport des gesamten wertvollen Gutes mit Ziel eines nordafrikanischen Flugplatzes in Raume Libyen verantwortlich.

Zu diesem Zweck wird ein grossräumiges Transportflugzeug während des Fluges in Richtung der Schweiz von unseren Kräften übernommen und wenig später zur ausserordentlichen Landung – infolge technischer Schwierigkeiten – auf genau diesem Militärflughafen landen. An Bord befindet sich ein gut ausgerüsteter mobiler Sturmtrupp zwecks Eroberung und temporärer Besetzung des Flugfeldes und der gesamten Anlagen.

Als Unterstützung ist das gleichzeitige Eintreffen des zweiten Truppenteils mit einem perfekten Timing von grösster Wichtigkeit.

Die Bergungsmannschaft, die per Lastwagen und Bus mit ihrer kostbaren Fracht am Flughafen eintrifft, wird parallel zu der soeben eingeflogenen Stosstruppe als zusätzliche Unterstützung in die bereits laufende Aktion von ausserhalb wie auch innerhalb des Flughafens miteinbezogen. Das Überraschungsmoment sowie dieser Zangengriff von zwei Seiten wird den Erfolg garantieren.

Wir rechnen mit geringem Konfliktpotenzial bei Behändigung und Festsetzung der örtlichen militärischen Sicherheitskräfte. Es dürfte sich höchstens um ein Dutzend nicht kampferprobter und minimal ausgebildeter Soldaten handeln.

Sie werden an diesem Sonntagmorgen aus ihrer schweizerischen Bedächtigkeit und Naivität relativ unsanft auf den Boden der Realität geworfen und eventueller Widerstand wird, sofern überhaupt, sehr minimal ausfallen.

Kollateralschäden haben wir, wenn überhaupt, auch nur minimal veranschlagt.

Unser inzwischen bereitstehendes und positioniertes Empfangskomitee wird somit in der Lage sein, einzelne mobile feindliche Einsatzfahrzeuge – welche eventuell bereits innerhalb der ersten 15 Minuten eintreffen könnten – gebührend zu empfangen und auszuschalten.

Wir haben ein Zeitfenster von circa 30, höchstens jedoch 40 Minuten für unsere gesamte Aktion. Wird die Zeit überschritten, erwarten wir Dutzende regionale sowie wenig später überregionale Polizeikräfte am Ort der Geschehnisse.

Deren Koordination zur Beschaffung von Informationen für eine Beurteilung der Gesamtlage wird ihren Eingriff in die Geschehnisse um einiges verzögern.

Mit grösster Wahrscheinlichkeit müssen wir einen sofortigen Gegenschlag nicht einrechnen.

Innerhalb dieses Zeitfensters muss die Flughafenaktion beendet, die beladenen Lastwagen mit dem Schatz sowie unsere gesamte Truppe in die Transportmaschine verladen und der Abflug vollzogen sein.

Der Erfolg der ganzen Aktion am militärischen Flughafen in Payerne wird hier zeitlich auf eine harte Probe gestellt. Hier müssen Sie, Kommandant Bohdan, Ihre Befehlsgewalt durchsetzen und mit grosser Präzision Vorbereitungen treffen, um die Abwicklung in dieser Zeitspanne garantieren zu können.»

Nach diesem langen, ziemlich detaillierten Vortrag blickte der Oligarch bestimmt und äusserst konzentriert in die kleine Runde und fügte noch hinzu: «Im Moment beantworte ich keine Fragen. Nach einer kleinen Pause von 15 Minuten werde ich das Projekt in allen Details vorstellen und anschliessend werden wir Punkt für Punkt zusammen durchgehen, Änderungen sowie Anpassungen vornehmen und, wenn nötig, Teile davon verwerfen oder auch neu verfassen. Bitte notieren Sie sich sorgfältig eventuelle Fragen. Eine schriftliche Fassung aller besprochenen Themen, meiner Zielsetzung sowie der finanziellen Aspekte wird in zwei Tagen elektronisch bereitstehen.»

Nach zwei Minuten absoluter Stille fuhr der Oligarch mit beinahe leiser Stimme fort:

«Ganz so einfach, meine Herren, wird dieses Projekt nicht zu realisieren sein. Die Anforderungen an alle Anwesenden sind hoch und erfordern äusserste Konzentration für deren Realisierung.»

Er blickte die Anwesenden der Reihe nach ernst und fordernd an und meinte abschliessend in einer normalen Tonlage:

«Wir werden nun gemeinsam, wenn nötig, die ganze Nacht durcharbeiten. Ich erwarte Ihre Bemerkungen und Verbesserungs- sowie Lösungsvorschläge für anstehende Probleme aller Details.

Somit wird unserem Erfolg nichts mehr im Wege stehen – lasst uns beginnen!»

Wie vom Oligarchen bereits angekündigt, wurde die Nacht für die Ausarbeitung der Detailplanung fast komplett in Anspruch genommen.

Gegen vier Uhr morgens wurde die Sitzung schliesslich, nicht ohne einige Runden Wodka, erfolgreich beendet und man verabschiedete sich voneinander.

...nach der Entdeckung des Schatzes der Helvetier

Nach wenigen Stunden Schlaf und einem deftigen Mittagessen mit lokalen Spezialitäten flogen der Oligarch und Yevgen wieder in die Schweiz zurück. Bereits für den Mittwochmorgen war ein Termin am Genfer Flughafen vereinbart worden, um die Tochter des Kommandanten in Empfang zu nehmen sowie den nächsten vorgesehenen Geldkoffer zu übergeben.

Die Sache nahm ihren Lauf, die Maschinerie kam in Schwung, die Söldnertruppe und deren Bewaffnung wurde nun Tatsache. Die Zeit lief, Eile und schnelle Entscheidungsfindungen waren nun gefragt. Hektik, Nervosität und deren negative Folgen durften auf keinen Fall überhandnehmen, wie der Oligarch mehrmals warnend betont hatte.

Yevgen fuhr von Genf zurück nach Biel und erwartete dort weitere Weisungen des Oligarchen, die ihm, sobald relevante Neuigkeiten vorlagen, zeitnah mitgeteilt werden sollten.

…nach der Entdeckung des Schatzes der Helvetier

An diesem Morgen erwachte der Druide schon früh, er hatte schlecht geschlafen. Alpträume hatten ihn mehrmals aufwachen lassen und er hatte jedes Mal Mühe gehabt, wieder Ruhe zu finden und einzuschlafen. In diesen Träumen ging es um Gestalten in Uniformen, die Gold aus der Höhle trugen und im Wald verschwanden. «Komisch», dachte er, «was das wohl bedeutet.»

Am kommenden, morgigen Vormittag erwartete er den Anruf des Schriftstellers Heinz Baltiger. Dieser Gedanke beruhigte ihn, sodass er nun sogar über die erlebnisreiche Nacht mit seinen Alpträumen lachen konnte.

...nach der Entdeckung des Schatzes der Helvetier

Der Druide blieb am folgenden Morgen zu Hause in seiner Wohnung und wartete aufgeregt auf den versprochenen Anruf des Schriftstellers Heinz Baltiger. Ihm wollte er sein Erlebnis rund um die gefundene Höhle und vor allem seine Beobachtungen betreffend den Schleicher, welcher der jungen Frau nachstellte, anvertrauen.

Seit Samstag, dem Tag der Ereignisse, fühlte er sich unruhig, nervös und übermüdet. Kein Wunder – die ganze Angelegenheit beschäftigte ihn ungemein, vor allem, da er zu niemandem auch nur ein Sterbenswörtchen sagte.

Der Vormittag war schon fast vorbei, da läutete das Telefon und Heinz Baltiger meldete sich.

Der Druide schilderte ihm aufgeregt seine Erlebnisse des vergangenen Samstags, ohne auch nur das kleinste Detail auszulassen. «Merkwürdig, merkwürdig», meinte der Schriftsteller und bat den Druiden beschwörend, absolut niemandem davon zu erzählen, geschweige denn Andeutungen, seien sie noch so unbedeutend, zu machen.

Er wolle sich die Höhle persönlich ansehen, am besten wohl bereits am kommenden Sonntag. Er werde am frühen Morgen um 8 Uhr mit seinem Auto in Noiraigue am Bahnhof eintreffen und von dort zusammen mit dem Druiden direkt Richtung La Ferme Robert fahren, noch bevor die Touristenströme eintrafen. Anschliessend würden sie gemeinsam zum Eingang der Höhle gehen. Er bat den Druiden, sich nach erfolgter Besichtigung mit ihm anschliessend in der Ferme Robert zu treffen. Dort werde er ihn persönlich über seinen Fund informieren.

Nachdem sie ihr kurzes Gespräch beendet hatten, fiel dem Druiden ein Riesenstein vom Herzen. Endlich musste er diese Bürde nicht mehr allein tragen.

…nach der Entdeckung des Schatzes der Helvetier

Heinz Baltiger und der Druide kamen kurz nach 8 Uhr auf dem Parkplatz der Ferme Robert an. Der Schriftsteller schulterte seinen Rucksack und sie gingen zusammen gemächlich in Richtung der Höhle. Noch waren keine Touristen hier zu sehen und sie fühlten sich auch nicht beobachtet.

Eine Viertelstunde später erreichten sie die nahe der Wand gelegene, kleine, mit Moos bewachsene Erhöhung.

Sie fanden schnell den gut abgedeckten Eingang und begannen, diesen sorgfältig freizulegen. Noch bevor der Schriftsteller mit dem Einstieg begann, entschwand der Druide wie abgemacht wieder zurück in Richtung der Ferme Robert.

In Minutenschnelle war Heinz Balitiger bereits unten in der dunklen Höhle angelangt und suchte nun, mithilfe seiner Taschenlampe, Meter um Meter diesen unheimlichen Ort nach irgendwelchen Hinweisen ab. «Ein gruseliger Ort», dachte er, als er all die Schädel und Knochenfragmente, die überall verstreut herumlagen, im Scheine seiner Taschenlampe betrachtete. Weiter hinten erblickte der Schriftsteller eine Anzahl von Kisten, die sauber aufeinandergestapelt waren und sichtlich aus der heutigen Zeit stammten.

Beim Näherkommen sah er auch die Beschriftungen, die den Namen des archäologischen Institutes der Universität Neuenburg trugen. Dies bezeugte somit, dass diese Höhle von wissenschaftlicher Bedeutung war. Er ging noch weiter nach hinten und erschrak, als er plötzlich Unmengen an Goldschmuck und Diamanten erblickte. Der Anblick dieses enormen Schatzes und vor allem dessen historische Bedeutung beeindruckten ihn aufs Tiefste. Er bekam wässrige Augen und wurde von tiefgreifenden Emotionen übermannt. Er hatte in seinem ganzen Leben noch nie so einen umfangreichen Schatz an Gold gesehen. Es machte ihn unendlich glücklich, so etwas Einmaliges erleben zu dürfen. Ihm war bewusst, dass dies nur wenigen Menschen dieses Landes beschieden war. Da er schon immer ein verantwortungsbewusster Zeitgenosse gewesen war, zeigten sich jedoch langsam, aber sicher Sorgenfalten in seinem Gesicht. Ihm ging es prioritär um die Sicherheit dieses enormen archäologischen Fundes, und er konnte an nichts anderes mehr denken. Natürlich wusste er den Schatz beim archäologischen Institut gut aufgehoben, doch er zweifelte ein wenig an dessen Kompetenz in Fragen der Sicherheit eines Fundes in dieser Dimension. Fragen über Fragen kamen in ihm hoch und er verspürte neben Stolz und Glückseligkeit für die Allgemeinheit der Schweiz auch eine tiefgehende Angst über einen möglichen Verlust dieses Schatzes.

Nach einigen Minuten legte sich die Unruhe und eine immense Dankbarkeit machte sich in ihm breit. Irgendetwas Magisches ging hier in dieser Höhle vor sich und ein feierliches Gefühl überkam ihn. So ähnlich, wie wenn Kerzen am Weihnachtsbaum angezündet werden und Eltern wie Kinder leuchtende Augen bekommen. Er schüttelte seinen Kopf, und sein Verstand fand wieder zurück in die Realität und zu seinem Wirken als Schriftsteller. Er wollte sich ab sofort uneingeschränkt diesem Ereignis widmen und das archäologische Institut in Neuchâtel kontaktieren, um der zuständigen Instanz über alle aktuellen Informationen in transparenter Art zu berichten.

Wie der Druide ihm warnend anvertraut hatte, war ein Schleicher an der Sache dran, und somit hatten mit aller Wahrscheinlichkeit auch bereits Drittpersonen Kenntnis über diesen Schatz erhalten.

Er nahm gleich nach diesen Überlegungen wieder den Rückweg in Angriff und kam wenig später in der Gaststätte La Ferme Robert an, wo er auf den wartenden Druiden stiess.

Er erzählte ihm in groben Zügen von seinen Eindrücken und Entdeckungen von Schädeln und Knochenfragmenten in der Höhle, ohne jedoch den Schatz zu erwähnen. Warum sollte er dem alten Mann den Kopf vollschwatzen und zusätzlich noch eine Person einweihen? Alles zu seiner Zeit!

Heinz Baltiger wollte sofort am Montagmorgen zur Universität nach Neuenburg fahren, um die verantwortlichen Wissenschaftler über die akute Gefahrenlage zu informieren.

Er hatte allen Grund, anschliessend nach Hause zu fahren, um sich gewissenhaft vorzubereiten und all seine Gedanken niederzuschreiben. Somit erfand er eine Ausrede in Form eines Familienbesuches als Grund seiner frühen Abreise und kehrte zurück nach Solothurn. Er liess den Druiden jedoch nicht ohne sein Versprechen zurück, ihn in den nächsten Tagen anzurufen und einen erneuten, gemeinsamen Termin festzulegen. Bei diesem Treffen wollte er letzte benötigte Abklärungen zu seinem neuen Buch mit ihm besprechen und ihre weitere Zusammenarbeit festlegen.

Ausserdem bat er ihn eindringlich, niemandem von diesem Höhlenbesuch zu erzählen. Der Druide musste ihm sein Versprechen darauf geben.

Er konnte sich ohnehin nicht vorstellen, irgendjemandem gruselige Geschichten über Knochenfunde zu erzählen. Darüber hinaus hatte er gewaltigen Respekt vor Heinz Baltiger und war geehrt über dessen Interesse an seiner Person und seinen alten, keltischen Geschichten. Leider musste der Druide bereits Anfang der Woche im Spital in Neuenburg die linke Hüfte operieren lassen und würde somit einige Zeit nicht mehr in der Lage sein, in die Ferme Robert im Creux du Van zu kommen. Heinz Baltiger versprach ihm, ihn telefonisch auf dem Laufenden zu halten und auf einen kurzen Besuch im Spital oder bei ihm zu Hause in Noiraigue vorbeizuschauen.

…nach der Entdeckung des Schatzes der Helvetier

Gleich um 9 Uhr traf Heinz Baltiger am archäologischen Institut der Universität in Neuenburg ein und ging direkt in deren Sekretariat. Eine Dame im mittleren Alter hörte ihm aufmerksam zu, als er sein Anliegen anbrachte, den verantwortlichen Professor betreffend einen historischen Fund im Creux du Van zu sprechen. Er habe in seiner Tasche, die er bei sich trug, verschiedene Goldschmuckstücke, die er gestern persönlich dort gefunden habe. Dies war erstunken und erlogen, da er keinen der Gegenstände aus der Höhle mitgenommen hatte. Dies wäre Unterschlagung eines Fundstückes von nationalem Interesse gewesen und gehörte niemals in sein Repertoire als Schriftsteller.

Die Sekretariatsdame fühlte sich sichtlich unwohl und ging in einen Nebenraum, um mit jemandem ein Telefonat zu führen. Nach kurzer Zeit kam sie wieder zurück und brachte ihn persönlich an die Tür des Professors, eine Etage höher gelegen.

Das Schild am Eingang trug den Namen «Professor Nicolas de Montmollin». Heinz Baltiger straffte die Schultern und trat ein.

Hinter einem Bürotisch, der über und über mit Dokumenten, Steinen, Mitbringseln usw. übersät war, erblickte er den Professor, der ihn durch seine dicke Brille misstrauisch, jedoch mit grösster Anspannung und Neugier ansah.

Der Schriftsteller stellte sich vor und erklärte seine Arbeit im Bereich von historischen Romanen sowie sein Treffen mit dem Druiden betreffend einer spannenden Geschichte, die in die Zeit der Helvetier führte. In dem Moment, in dem er den Namen «Helvetier» nannte, runzelte der Professor seine Stirn und kniff seine Augen zusammen. Dann unterbrach er mit einer Handgeste die Erzählungen, griff zum Telefon und bat eine Frau namens Jasmine, sofort in sein Büro zu kommen. Trotz der Beteuerung des Schriftstellers, der Dame am Empfang fantasievoll etwas Falsches über mitgenommene Funde vorgeflunkert zu haben, färbte sich das

Gesicht des Professors dunkelrot und seine Brille beschlug sich milchig. Er atmete mit erhöhter Frequenz und schien demnächst zu explodieren.

In der Zwischenzeit, bis zum erwarteten Eintreffen dieser Jasmine, stellte der Professor ihm zusätzliche Fragen zu seiner Person, seinem Wohnort und vielen belanglosen anderen Details.

Schliesslich öffnete sich die Tür und es kam eine Frau ins Büro geeilt, die sich als Assistentin des Professors vorstellte. Diese junge, bestimmt auftretende Person ohne jegliche Arroganz oder Hochmut war wie ein frischer Frühlingswind, der den Raum füllte und eine grosse Portion positive Energie versprühte. Auch der Professor wirkte bereits ein wenig entspannter und ein Lächeln huschte ihm über sein Gesicht.

Er übernahm die Gesprächsführung, indem er zu Heinz Baltiger sagte:

«Jasmine Jacotet ist unsere Spezialistin, zuständig für keltische Fundorte und in erster Linie für helvetische archäologische Fragen aller Art. Ich bitte Sie, Herr Baltiger, alles nochmals im Detail zu erzählen und den wahren Grund Ihres heutigen Besuches bei uns betreffend Ihrer Entdeckung der Höhle im Creux du Van offenzulegen!«

In der Zwischenzeit hatte sich der Ausdruck der Assistentin verfinstert und ihr so hübsches Gesicht bekam Sorgenfalten, als der Professor diese wenigen Worte an den Schriftsteller richtete.

Heinz Baltiger fing ohne Umschweife an, eine Kurzfassung des Kennenlernens mit dem Druiden sowie dessen Helvetier-Saga um Adolar vorzutragen. Mit viel Fachkenntnis und rhetorischem Können gelang es ihm, die zwei Wissenschaftler in seinen Bann zu ziehen. Als er zum eigentlichen Tatsachenbericht, dem Grund seines Besuches in der Höhle sowie der daraus resultierenden Entdeckung des enormen Schatzes kam und die darin vorgefundenen Kisten und Geräte des archäologischen Institutes erwähnte, wurden die Gesichter des Professors und seiner Assistentin aschfahl.

Heinz Baltiger sprach nun die Assistentin direkt an und sagte sehr ernst und eindringlich:

«Sie sollten wissen, dass Sie vom Druiden am Samstag vor einer Woche am Wanderweg nahe der Ferme Robert gesehen wurden. Er hat mir Ihre Person genau beschrieben, mit allen Details – es kann sich also nur um Sie selbst handeln!

Leider schlich sich ein unbekannter Mann hinter Ihnen her und verfolgte Sie auf Schritt und Tritt. Aus Instinkt beschloss der Druide, nahe der Auberge auf einer Bank sass, nun seinerseits, Ihnen beiden zu folgen. Seine Neugier war erwacht, er folgte in grossem Abstand dem, nennen wir ihn den sogenannten «Schleicher» bis an den Waldesrand, wo diese Person innehielt und auf etwas wartete. Der Druide versteckte sich ebenfalls und wartete, bis Sie, Jasmine, über eine halbe Stunde später, wiederum zurück in Richtung der Ferme Robert gingen.

Danach folgte er seiner Intuition und ging bis zur dahinterliegenden Waldlichtung, wo dieser sehr merkwürdige Mann wie vom Erdboden verschwunden war. Als der Druide sich auf der Suche nach diesem Schleicher auf die kleine Anhöhe begab, bemerkte er den Eingang zu dieser Höhle. Da der Druide, er läuft am Stock, sich auf keinen Fall in die Höhle begeben konnte, trat auch er den Rückweg an und kontaktierte mich am folgenden Tag telefonisch. Leider weilte ich noch für einige Tage im Ausland und konnte somit erst gestern früh die Höhle aufsuchen, wodurch ich ungewollt Einblick in diese einmalige Sache bekommen habe. Darum bin ich heute Morgen unverzüglich ins Sekretariat Ihres Institutes gekommen, um Sie aufzusuchen.

Es besteht grosse Gefahr, dass sich dritte Mitwisser ausserhalb des archäologischen Institutes unbefugten Zutritt zum Schatz verschafft haben und nun, mit grösster Wahrscheinlichkeit, Böses im Schilde führen.

Was meinen Sie, Herr Professor?«, schloss Heinz Baltiger ab und wartete auf dessen Reaktion.

Die erste Reaktion kam jedoch von Jasmine.

Sie stand auf und sagte mit Blick auf ihre Uhr: «Entschuldigen Sie, Herr Professor und Herr Baltiger, ich muss dringend noch zu einem Studenten, der auf mich wartet, um ihm Anweisungen für eine Grabung am Mont Vully bei Murten zu erteilen. Das wird circa. eine halbe Stunde in Anspruch nehmen. Darf ich Sie beide kurz allein lassen?» Der Professor schien ein wenig verwirrt, nickte jedoch und wandte sich wieder dem Schriftsteller zu. Jasmine verliess das Büro und ging schnellen Schrittes in einen Nebenraum, um ungestört ein Telefonat zu führen.

Sie rief ihren Vater an, welcher der regionale und militärische Leiter der operationellen Führung im Namen der Eidgenossenschaft war. Sie informierte ihn über all diese neuen Ereignisse und beantwortete seine Fragen präzise und schnell. Ihr Vater versprach ihr, sofort mit Bern Kontakt aufzunehmen und sie voraussichtlich innerhalb einer knappen

Stunde zurückzurufen. Jedoch solle sie den Schriftsteller auf jeden Fall beschäftigen und unauffällig im Institut zurückhalten.

Dieses Gespräch mit ihrem Vater bekräftigte Jasmine, das Richtige getan zu haben. Sie setzte sich einen kleinen Moment hin, atmete tief durch und schloss die Augen. Sozusagen eine Mikro-Yogaübung im Kurzzeitverfahren.

Sie war fest entschlossen, dass absolut niemand diesen Schatz mit kriminellen Machenschaften an sich reissen, geschweige denn überhaupt in dessen Nähe kommen würde.

Während sie so in Gedanken schwelgte, überkam sie plötzlich eine Art Trance. Jasmine fühlte sich weit weg von der Realität und wie von unsichtbaren Fäden gezogen.

Sie stand abrupt auf, entnahm ihrem Portemonnaie eine 2-Franken-Münze und drehte sie auf die Rückseite, auf der das Bildnis der «Helvetia» eingeprägt war. Dann blickte sie durch das Fenster über den See in Richtung des ehemaligen helvetischen Oppidums auf dem Mont Vully und schwor feierlich mit lauter und fester Stimme:

«Ich schwöre, vor deinem Angesicht, Helvetia, dass ich den Schatz der Helvetier mit allem, was mir an Kraft, Intelligenz und Wahrhaftigkeit zur Verfügung steht, gegen alle bösen Machenschaften mit meinem Leben verteidigen will und einen Ort, der diesem gebührt, finden werde, um allen Landsleuten und interessierten Menschen weltweit diese Erbschaft in einem Museum präsentieren zu können.»

Nach einer kleinen Pause fügte sie hinzu: «So wahr mir Gott helfe!»

Wieder blickte sie in Richtung Mont Vully und erschauerte. Mitten aus der Öffnung einer dunklen Wolke ergoss sich ein mächtiger, goldener Sonnenstrahl, der direkt die Oberseite des Berges im hellen und goldigen Glanz erscheinen liess.

«Direkt unheimlich», sagte sie zu sich selbst und es lief ihr kalt den Rücken hinunter. Jetzt hatte sie plötzlich weiche Knie und musste sich setzen. Die seltsame Trance hatte sich gelöst, und sie schüttelte den Kopf und wunderte sich darüber, dass sie gerade einen Schwur auf eine Münze geleistet hatte.

Gerade in diesem Moment rief ihr Vater zurück, um ihr Informationen über sein Gespräch mit der Eidgenossenschaft zu geben. Er zitierte seinen Vorgesetzten, Divisionär Ribotin, der festgehalten hatte, dass sich alles hier um die nationale Sicherheit drehe. Somit müsse die Bundespolizei diesen Schriftsteller verhören, um die gesamte Sachlage und die genauen Details über den «Schleicher» abzuklären. Dies werde der Divisionär sofort in die Wege leiten und die Bundespolizei avisieren, um jemanden in kürzester Zeit vor Ort zu schicken. Genaues folge in wenigen Minuten per Textmitteilung direkt an Jasmine.

Jasmines Vater gab ihr genaue Instruktionen für ihre Verhaltensweise in dieser delikaten Angelegenheit, wünschte ihr viel Glück und beendete das Telefonat.

Jasmine ging die neuen Informationen nochmals geistig durch, bevor sie sich erhob und ihren hübschen Kopf energisch schüttelte. Jetzt war sie wieder hellwach, ging festen Schrittes in Richtung Korridor und eilte über die Treppe ins Sekretariat. Die Empfangsdame, die vor etwa einer Stunde mit dem Schriftsteller gesprochen hatte, war da, und somit konnte Jasmine die Angelegenheit mit ihr persönlich und direkt besprechen. Jasmine erklärte: «Der Mann hat wohl persönliche Probleme, wenn Sie wissen, was ich meine. Er wirkt psychisch angeschlagen und hat uns jede Menge Fabelgeschichten und Unwahrheiten erzählt.» Sie zwinkerte der Empfangsdame zu. «Der Professor hat mich gebeten, Kontakt mit der Klinik Préfargier in Marin aufzunehmen und deren Hilfe für den Schriftsteller anzufordern.»

Die Empfangsdame schüttelte den Kopf und meinte mitfühlend: «Na so was, der arme Mann. Hoffentlich kann man ihm helfen.» Jasmine war sich sicher, dass dieser sogenannte «Schatzfund im Creux du Van» im Sekretariat nun als Hirngespinst eines Menschen mit psychischen Problemen eingestuft wurde, womit die Angelegenheit entschärft war.

Daher ging sie umgehend zurück in die Besprechung mit dem Professor und dem Schriftsteller. Der Professor war sichtlich erleichtert, dass Jasmine wieder zurück war, und sah sie erwartungsvoll an.

Der Schriftsteller erhob sich und erkundigte sich, wo er sich frisch machen könne. Jasmine öffnete ihm die Tür und wies ihm den Weg. Sobald er auf dem Korridor war, schloss sie die Tür wieder und sagte zum verdutzten Professor:

«Ich habe gerade mit meinem Vater telefoniert. Er hat uns gebeten, den Schriftsteller unter irgendeinem Vorwand zurückzuhalten, um Zeit zu gewinnen.

Die Bundespolizei möchte ihn verhören, um auszuschliessen, dass eventuell noch weitere Mitwisser im Spiel sind.

Der zuständige Beamte trifft in einer guten Stunde im Institut ein. Darum sollten wir mit ihm einen kurzen Rundgang hier am Institut unternehmen und anschliessend in die Kantine gehen, um Kaffee zu trinken.» Der Professor nickte zustimmend, und bereits wenige Augenblicke später trat der Schriftsteller wieder ins Büro ein und setzte sich. Sie sprachen noch über einige unbedeutende und belanglose Dinge, bis Professor de Montmollin vorschlug, einen Rundgang im Institut zu machen und einige neuere Funde und deren Ausgrabungsgegenstände zu besichtigen.

Dies gefiel dem Schriftsteller sichtlich, und sie gingen zusammen ins Untergeschoss und liessen sich von einem besonders strebsamen Studenten einige archäologisch interessante Fundgegenstände in allen Details fachkundig erklären.

Die Zeit verging wie im Fluge und sie begaben sich anschliessend in die Kantine, um einen Kaffee zu trinken.

Die Stunde war schon fast um, als ein grosser, sportlicher und gut gekleideter Mann in den Raum trat und zielgenau ihren Tisch ansteuerte. Der etwa dreissig Jahre alte, gutaussehende Mann stellte sich diskret als Peter Schneider, Bundespolizist der 1) «fedpol», vor und schüttelte allen dreien die Hand.

Er wusste mit seinem Charme und Charisma umzugehen, was Jasmine sichtbar aus der Fassung brachte und sie wie einen Teenager erröten liess. Sie hatte sich jedoch schnell wieder unter Kontrolle und war beruhigt, dass der unmittelbare Druck, den diese neuen Ereignisse ausgelöst hatten, wegfiel, da sie nun in die kompetenten Hände der Eidgenossenschaft übergingen. Der Bundespolizist wirkte bestimmt, aber nicht überheblich und erklärte sein Kommen in wenigen prägnanten Sätzen.

1)   Bundespolizei, Bundesamt für Polizei fedpol

Anschliessend bat er die Anwesenden, in ein Sitzungszimmer zu dislozieren, um ihnen dort ungestört einige Fragen stellen zu können.

Kaum im Sitzungszimmer angekommen, wurde er ernst und stellte präzise Fragen betreffend den auffälligen Mann, der Jasmine vor einigen Tagen unbemerkt hinterhergeschlichen war und anscheinend nun ebenfalls die Höhle und deren Inhalt kannte.

Er stufte dies als «Gefährdung der nationalen Sicherheit» ein und wandte sich direkt an Heinz Baltiger, um ihm die Sachlage zu erklären. Anschliessend wollte er von ihm im Detail wissen, wie er zu diesen delikaten Informationen gekommen war und von welcher Person ihm diese zugetragen worden waren.

Der Schriftsteller begann seine Erzählung mit der ersten Begegnung mit Jean Biels, dem selbsternannten «Druiden» in der Ferme Robert. Der fedpol-Beamte hörte geduldig zu und unterbrach fast nie, nur von Zeit zu Zeit, um eine zusätzliche Präzisierung zu erhalten. Während der gesamten Zeit lief ein kleines Aufnahmegerät zur Aufzeichnung des Gesprächs mit.

Nach ungefähr einer halben Stunde war die Aussage des Schriftstellers beendet und Peter Schneider fragte: «Haben weitere Personen ausserhalb des archäologischen Institutes diese Informationen oder auch nur vage Andeutungen in irgendeiner Form erhalten?»

Der Schriftsteller schüttelte vehement den Kopf. «Ich habe mit niemandem, ausser den hier Anwesenden, irgendetwas besprochen und gegenüber Dritten keinerlei Andeutungen gemacht.»

Bundespolizist Schneider liess nicht locker. Er sah den Professor und die Assistentin ernst an und sagte trocken:

«Wie wir gemeinsam festgestellt haben, haben wir ein Sicherheitsleck hier im Institut, und das haben Sie, Herr Professor de Montmollin, und auch Sie, Frau Jacotet, zu verantworten. Wie sehen Sie beide diese Fakten?»

Der Professor wurde bleich, wirkte tief erschrocken und erwiderte auf diese ungeheuerliche Anschuldigung stotternd: «Wie können Sie glauben, Herr Schneider, dass Jasmine oder ich irgendjemandem auch nur ein Sterbenswörtchen gesagt haben? Wir wissen doch nur zu gut um die Wichtigkeit der Sache und sind es gewohnt, mit Fundgegenständen diskret umzugehen, um eventuellen kriminellen Machenschaften vorzubeugen.»

Jetzt mischte sich die verdatterte Jasmine ein, erhob sich und schritt zum Professor, während sie entgegnete:

«Das Leck, Herr Professor, haben wahrscheinlich wir verursacht! Aus Naivität und einer gewissen Kurzsichtigkeit und Gutgläubigkeit! Jetzt stecken wir ungewollt und vor allem ohne jede Absicht tief im Schlamassel und uns sitzt vielleicht bereits eine kriminelle Organisation im Nacken.»

Ihre Beine zitterten, nein, ihr ganzer Körper fing an zu wanken, und sie musste sich setzen. Ihr hübsches Gesicht lief erst rot an und verfärbte sich dann innerhalb weniger Sekunden in eine ungesunde gelbe Farbe. Sie fühlte sich persönlich dafür verantwortlich, dass es so weit gekommen war, und war hundemüde.

«Was meinen Sie, Jasmine?», fragte der Professor. Er war bestürzt von ihren Bemerkungen und ihrer grossen Betroffenheit und sorgte sich um den Gesundheitszustand seiner Assistentin. Auch er war aufgebracht und komplett durch den Wind!

«Ich glaube», fügte Jasmine hinzu, «dass wir infolge der kurzfristigen Expertise über Nacht, die durch den Juwelier Courvoisier in der Altstadt drüben erfolgte, kriminelle Energie in ihm geweckt haben. Er ist die einzige Person, extern unseres Zirkels, der dieses Leck verursacht haben könnte. Ich kann mir keine andere Person vorstellen. Was meinen Sie, Herr Professor?»

Der Professor schüttelte seinen Kopf so heftig, dass ihm die Brille fast auf den Tisch vor ihm fiel. «Das kann nicht sein, ich kenne Herrn Courvoisier schon seit Jahren … Jedoch gebe ich Jasmine insofern recht, als keine andere Person ansonsten infrage käme.» Er schlug erschrocken seine Hand vor seinen Mund, als schämte er sich seiner eben ausgesprochenen Worte.

Der Bundespolizist notierte sich den Namen und die Adresse des Juweliers und liess sich betreffend der erfolgten Schmuckstück-Expertise und den Gründen dafür updaten. Er hielt diese Verdächtigung bis jetzt für die einzige Option und eine logische Erklärung des Lecks.

Bundespolizist Schneider wies alle Anwesenden darauf hin, dass sie, im nationalen Interesse, der vom Bundesrat angeordneten Schweigepflicht unterstellt waren und bei Nichtbeachtung straffällig würden. Besonders den Schriftsteller Heinz Baltiger nahm er in die Pflicht, der jedoch ohne Vorbehalt allem zustimmte.

Schneider erhob sich und liess nochmals einen ernsten Blick durch die Runde schweifen. «Ich werde Sie alle durchgehend über die laufenden Ermittlungen auf dem neuesten Stand halten und mich bereits morgen telefonisch bei Ihnen melden.» Er verabschiedete sich einzeln von jedem der Anwesenden mit Handschlag und entschwand Richtung Ausgang.

Auch der Schriftsteller nutzte die Gelegenheit, sich zu verabschieden und begab sich ebenfalls nach draussen.

Der Professor und Jasmine blieben allein zurück. Beide waren zutiefst schockiert.

«Wird schon zu einem guten Ende kommen», meinte der Professor zu Jasmine, «ich bin irgendwie erleichtert, dass die Bundespolizei die Sache übernimmt und wir somit auch geschützt werden.»

Jasmine, die inzwischen ans Fenster gegangen war, um den Mont Vully zu betrachten, und ihn leider nur noch im Nebel sah, blickte zurück zum Professor und pflichtete ihm bei. Sie war sichtlich entspannter als Minuten zuvor. Ungewollt sah sie nun durch das Fenster, wie der Bundespolizist über den Parkplatz zu seinem Auto schritt. Jetzt huschte ein sonderbares Lächeln über ihr Gesicht und kleine Schmetterlinge fingen in ihrem Bauch an zu tanzen. Sie schüttelte genervt den Kopf und verdrängte die ungebetenen Gedanken an den Bundespolizisten. Doch die Schmetterlinge blieben … Ihr Telefon summte, als sie eine Nachricht empfing: «Danke für Ihre Mitarbeit und vor allem Ihre Aufrichtigkeit – P. Schneider fedpol».

Dies war des Guten zu viel – ein Schauer fuhr durch ihren gesamten Körper und eine wohlige Wärme erfasste sie von Kopf bis Fuss. «Mein Gott, was soll das?«, murmelte sie und fasste an ihre Wangen, die merklich warm waren und sie sicher wie ein junger Backfisch aussehen liessen. «Na ja», dachte sie, «mir sind in den vergangenen Tagen so viele Dinge passiert, dass wahrscheinlich die Emotionen mit mir durchgehen!« Trotzdem reckte sie nochmals ihren langen, eleganten Hals in Richtung Parkplatz, um einen weiteren Blick auf ihn zu erhaschen … leider war er bereits weg.

Sie kam sofort wieder auf andere Gedanken, als ihr Handy erneut summte. Dieses Mal war es ihre Mutter, die um einen Rückruf bat.

Der Professor hatte von all dem nichts mitbekommen, so stark war er noch mit den sich überstürzenden Ereignissen beschäftigt. Nun stand auch er auf, nahm seine Jacke und sagte zu seiner Assistentin: «Das wird mir ein wenig zu viel, ich muss an die Luft. Wir sehen uns gleich morgen früh wieder.»

Auch für Jasmine war der Tag gelaufen. Sie wollte ebenfalls früher weg, um noch Besorgungen für ihre Mutter zu erledigen.

In wenigen Minuten gelangte sie zu Fuss in die Innenstadt und machte ihre Einkäufe. Gleich nach der Kasse, kurz vor dem Ausgang des Supermarktes, wurde sie von einer kleinen, in Weiss gekleideten, weisshaarigen, alten Dame angesprochen, die sie resolut am Arm festhielt und verschwörerisch zur Seite zog.

Das war man in Neuenburg nicht gewohnt, und dennoch liess Jasmine es geschehen. Instinktiv war sie sich sicher, dass von dieser alten Dame keine Gefahr ausging. Sie verhielt sich nur etwas eigenartig und sah auch so aus, irgendwie wie aus einer anderen Zeit. Jasmine blieb somit freundlich und betrachtete die Dame genauer. Diese hatte eine grosse Nase, einen kunstvoll seitwärts über den Kopf geflochtenen Zopf und hellblaue, fast kristallklare Augen, die sie gleichzeitig würdevoll und autoritär wirken liessen. Dieses Antlitz schien Jasmine bekannt, doch sie konnte es nicht einordnen. Sie sah die Dame nun mit fragendem Blick an und wartete geduldig, was sie ihr zu sagen hatte.

Mit leiser, aber bestimmter Stimme, setzte sie zu sprechen an, während sie Jasmine tief in die Augen schaute: «Ihnen widerfuhr heute ein unangenehmes Ereignis, das Sie beschäftigt und aufwühlte. Machen Sie sich nicht zu viele Gedanken – alles kommt gut!» Jetzt lachte sie leicht und strahlte Jasmine an. «Der Berg Mont Vully hat nicht umsonst so in Gold gestrahlt – dies ist ein Zeichen für Sie, junge Frau. Vertrauen Sie darauf und lassen Sie sich Zeit, um alles zu verstehen und einzuordnen. Nach über 2000 Jahren hat alles seinen Grund. Sie werden lernen, diese Zeichen zu deuten – kommt Zeit, kommt Rat!»

Jetzt wurden Jasmines Knie wieder weich, alles schien sich um sie zu drehen und ihr wurde schwarz vor Augen, bevor sie inmitten der vielen Leute zu Boden stürzte. Rasch kümmerte sich eine junge Frau um sie, mit den Worten: «Ich bin Krankenschwester am Spital, Ihr Kreislauf scheint eingebrochen zu sein.» Sie tätschelte die Wangen von Jasmine, die sich augenblicklich wieder besser fühlte. Bereits wenige Minuten später konnte sie sich wieder aufrichten, die Einkaufstasche aufnehmen und sich bei der jungen Frau für die Hilfe bedanken.

Sie ging zum gegenüberliegenden Café, um sich hinzusetzen und etwas zu trinken. Von der kleinen alten Dame in Weiss war keine Spur mehr zu sehen. Hatte sie sich das alles nur eingebildet? Nein, nein, diese Frau war real und hatte zu ihr gesprochen! Sie hatte genau Bescheid gewusst über das Erlebnis, das Jasmine vor wenigen Stunden am Fenster im Sitzungszimmer der Universität gehabt hatte. Danach konnte sie sich an nichts mehr erinnern, bis zu dem Moment, als die Krankenschwester zu ihr gesprochen hatte. Trotz eines warmen Getränks war Jasmine immer noch kalt, und sie schüttelte den Kopf und rieb sich die Arme. Sie machte sich bei der Bedienung bemerkbar, zahlte mit einer 10-Franken-Note und erhielt das Wechselgeld in Münzen zurück. Gerade als Jasmine diese Münzen in ihren Geldbeutel legen wollte, fiel ihr ein funkelndes, nagelneues Zweifrankenstück auf. Als sie diese Münze genauer betrachtete, fiel es ihr wie Schuppen von den Augen – die Helvetia auf der Rückseite glich der alten, ganz in Weiss gekleideten, mystischen Dame, der sie vor einigen Minuten begegnet war, wie ein Ei dem anderen. «Mein Gott», sprach sie zu sich selbst, «ich glaube, ich werde verrückt.»

Sie war für einen Moment verwirrt, fing sich jedoch sofort wieder und unterdrückte nun intuitiv alle Gedanken zu diesem Thema, während sie rasch ihren Tee austrank und sich auf den Weg nach Hause machte. Sie konnte später wieder an diese Begegnung denken. Alles zu seiner Zeit!

Am selben Montagnachmittag

Nach der Vernehmung des Professors, seiner Assistentin sowie des Schriftstellers im archäologischen Institut in Neuenburg fuhr Bundespolizist Schneider zum Gebäude der Kantonspolizei, wo er provisorisch ein Büro bezog und sich sogleich an einen Computer setzte. Er besorgte sich das Strafregister des Juweliers, der nun als Hauptverdächtiger in Hinblick auf Weiterleitung von geheimen Informationen an Drittpersonen infrage kam. Er hatte als einzige aussenstehende Person Kenntnis über den enormen Wert dieser Auswahl an Goldschmuck, Diamanten und Münzen, die ihm für kurze Zeit vom archäologischen Institut anvertraut worden war.

Diese wenigen Stunden, in denen er die Fundstücke zwecks Zertifizierung der Diamanten und Münzen sowie Bestimmung der Goldfeinheit bei sich gehabt hatte, brachten ihn zweifellos in die Schusslinie dieser Untersuchung.

Bundespolizist Schneider brauchte nicht lange zu suchen, bis er fündig wurde. Zwei kurz zurückliegende Führerausweisentzüge infolge Fahrens in alkoholisiertem Zustand mit bedingter Verurteilung waren im Strafregister festgehalten. Ausserdem lag eine aktuelle Anzeige über Veruntreuung von ihm anvertrautem Familienschmuck vor, in einer Grössenordnung von mehreren zehntausend Schweizer Franken.

Er erkundigte sich bei dieser Gelegenheit schriftlich bei der Steuerbehörde, um deren Einschätzung zu dieser dubiosen Person in Erfahrung zu bringen. Diesen Bericht konnte er nicht vor morgen Vormittag erwarten. Immerhin war es bereits Mitte Nachmittag und die Mühlen der Behörden mahlten bekanntlich langsam.

Der Bundespolizist informierte in einer anschliessenden Sitzung die Kollegen der kantonalen Kriminalpolizei über seinen Verdacht und die Nachforschungen betreffend den Juwelier Courvoisier und seine kriminellen Machenschaften sowie seine eventuelle «Absicht zur Bereicherung durch Unterschlagung von Goldschmuckstücken» und «Falschangaben im Bereich einer Expertise». Den wahren Grund für seine Untersuchung, also Weitergabe von Geheimnissen, die die schweizerische Sicherheit betrafen, erwähnte er im Moment noch nicht, da bei einem Schatz dieser Grössenordnung Vorsicht geboten war und er die Neuenburger Polizei zu diesem Zeitpunkt noch nicht aufscheuchen wollte.

Diese Fakten reichten, damit der ebenfalls anwesende Staatsanwalt grünes Licht gab, um am frühen Morgen den Juwelier zur Befragung und Einvernahme durch die Polizei abzuholen und zum Sitz der Kantonspolizei von Neuenburg zu überführen.

Bundespolizist Schneider konnte mit dem Stand der Ermittlungen im Moment zufrieden sein und telefonierte nach Bern, um eine Videokonferenz mit seinen Vorgesetzten für den frühen Abend einzuberufen. Vieles war noch im Unklaren, weshalb er Divisionär Ribotin über den aktuellen Stand informieren und eventuelle Ratschläge und Direktiven einholen wollte, um sich in seinen Entscheidungen abzusichern.

DIENSTAG, TAG ACHTZEHN

...nach der Entdeckung des Schatzes der Helvetier

Bundespolizist Schneider kam bereits um 7 Uhr am Hauptsitz der Kriminalpolizei Neuenburg an und wartete auf das Eintreffen des Juweliers und seiner Polizeibegleiter. Er hatte sich verschiedene Fragen notiert, von denen die eine oder andere gestern Abend während der Videokonferenz durch eines der Mitglieder der Taskforce formuliert worden war. Die gestrige Konferenz war ein Erfolg gewesen – alle Teilnehmer hatten der vorgesehenen Einvernahme des Juweliers vollumfänglich zugestimmt und schätzten die Lage als hochbrisant ein.

Kurz vor 8 Uhr wurde der Juwelier in den Vernehmungsraum gebracht. Zusätzlich anwesend war auch, als Vertreter der Armeebehörde und lokaler Verantwortlicher im operationellen militärischen Bereich, Bertrand Jacotet.

Bundespolizist Schneider übernahm direkt und ohne Umschweife persönlich die Einvernahme und wendete sich an den Juwelier, in dem er in einem ruhigen Ton sagte:

«Ich bezichtigte Sie, Herr Courvoisier, die Informationen über den Goldschmuck der Helvetier an eine Drittperson verkauft zu haben und trotz der von Ihnen versprochenen Diskretion in verschiedene Straftaten involviert zu sein. Die Anklage wird direkt durch den Staatsanwalt vorbereitet und anschliessend unserer Vernehmung Ihnen verlesen.»

Der Juwelier erschrak sichtlich, er war im Glauben gewesen, dass er betreffend die leidige Strafanzeige zur Unterschlagung eines Schmuckstückes hergebracht worden war, und fiel aus allen Wolken. Er musste sich die Krawatte lockern, und der Schweiss lief nur so an ihm herunter.

Bundespolizist Schneider hatte ihn genauso eingeschätzt – Herr Courvoisier war nicht kaltschnäuzig oder gar berechnend. Das Alkoholproblem war zu offensichtlich in seinem Gesicht eingeprägt und der leidende Ausdruck zeugte von einer schweren Belastung seines Gemütes und einer angegriffenen Gesundheit. Seine Hände zitterten und er war ständig bemüht, den Schweiss mittels eines Taschentuches abzutrocknen. Seine

Augen waren bereits leicht gelblich, Zeichen einer kleinen Leberdysfunktion. Hier hatte der Alkohol schon seit geraumer Zeit gewirkt, dieser Mensch befand sich in einer gefährlichen Abwärtsspirale. Ihm fehlte Selbstvertrauen und Eigenrespekt, nur Selbstmitleid blieb übrig.

Bundespolizist Schneider konnte somit ruhig mit der Einvernahme fortfahren und den Juwelier fast drucklos zu einem Geständnis bewegen. Juwelier Courvoisier war zu überrumpelt und instabil, um Widerstand zu leisten. Es hatte keinen Zweck, sein Traum von schnellem Geld war dahin. Er wirkte sogar wie befreit und begann seine gesamte Geschichte in allen Details zu erzählen.

Er gab bereitwillig die genaue Adresse seines Schwagers, Yevgen Lyesik in Biel bekannt, konnte zu dessen Kontakten jedoch keine Angaben machen.

Bundespolizist Schneider erklärte dem Juwelier seine Rechte und wies ihn darauf hin, dass er in Untersuchungshaft hierbleiben müsse, um die Verdunklungsgefahr auszuräumen und ihn aus der Schusslinie der Geschehnisse zu nehmen. Er sicherte ihm ausserdem ärztliche Betreuung und einen nicht allzu langen Aufenthalt zu.

Somit war die Einvernahme nach nur knapp einer Stunde zu Ende und der Juwelier wurde der Aufnahme zur Untersuchungshaft zugeführt.

Bevor Bundespolizist Schneider den Hauptsitz der Kriminalpolizei von Neuenburg verliess, führte er ein Telefonat mit der Kriminalpolizei Bern in Biel und kündigte sein Kommen noch bis Mittag an. Er beantragte eine dringende Sitzung und bestand auf die Teilnahme eines Staatsanwaltes des Bezirks Biel.

Danach schrieb er eine Textnachricht an die Assistentin des archäologischen Institutes und bat sie und den Professor um 15 Minuten zu einem gemeinsamen Kaffee in der Kantine des Institutes, um ihnen brandaktuelle Neuigkeiten mitteilen zu können.

Bereits zehn Minuten später traf Schneider am Parkplatz des Instituts ein. Kaum ausgestiegen, summte sein Handy und die Assistentin gab ihr Okay. Sie erwartete ihn im Sekretariat.

Er ging schnellen Schrittes durch das Institutsgebäude und fragte im Sekretariat nach Jasmine. Nach kurzer Zeit trat sie aus der Türe und kam auf ihn zu. «Wie wunderschön sie ist», dachte er, und unwillkürlich breitete sich ein Lächeln auf seinem Gesicht aus, während sie in seine Richtung schritt … nein … schwebte. Sie küssten sich wie alte Freunde auf die

Wangen und Jasmine lief rot an. «Wo ist der Professor?», fragte er. «Professor de Montmollin ist seit heute Nachmittag unterwegs nach München, wo er an einem Kongress teilnimmt. Er wird erst am Montagmorgen wieder aktiv am Institut zurück sein.»

Sie setzten sich mit einem Kaffee in die Kantine, wo Bundespolizist Schneider sie über die letzten Neuigkeiten informierte.

Er klärte sie über sein Vorhaben auf, umgehend nach dieser Kaffeepause nach Biel zu fahren, um dort die Ermittlungen gegen den «Schleicher» aufzunehmen. Und schon war er wieder weg und winkte ihr, beim Vorbeigehen am Fenster, herzlich lachend zu.

Am Hauptsitz der Kriminalpolizei in Biel angelangt, wurde er schon erwartet und ein Auszug aus dem Strafregister sowie weitere Informationen betreffend den «Schleicher» namens Yevgen Lyesik lagen für ihn zur Einsicht bereit.

Da waren drei Vorstrafen, für wiederholten Betrug beim Kauf von Gebrauchtwagen sowie einfache Körperverletzung gegen einen Beamten und die daraus resultierende Verurteilung für drei Monate unbedingt. Diese drei Monate hatte er in einer Strafanstalt der Region abgesessen, keine anderen Einträge.

Nachdem er alles sorgfältig durchgelesen hatte, verlangte er auch hier den Staatsanwalt und beantragte eine Untersuchungshaft mit vorausgehender Zuführung und Vernehmung des Angeschuldigten.

Bundespolizist Schneider bekam die Zustimmung des Staatsanwaltes und die Zuführung wurde auf den folgenden frühen Morgen um ca. 5 Uhr festgelegt. Vorausgehende Abklärungen am Nachmittag hatten ergeben, dass der gesuchte Yevgen Lyesik nicht in seiner Wohnung anwesend war. Da sein Auto hingegen in der Garage gesichtet worden war, war anzunehmen, dass er in Biel zugegen war und noch heute auftauchen würde. Somit wurde mit der Fahndung nach ihm noch gewartet.

Wie sich später herausstellen sollte, war diese Annahme falsch und bereitete noch zusätzliche Komplikationen, die jedoch zu diesem Zeitpunkt noch nicht ersichtlich waren.

...nach der Entdeckung des Schatzes der Helvetier

Als Bundespolizist Schneider um 5:30 Uhr ein Telefonat des Leiters der Zugriffstruppe erhielt, war es um seine Ruhe geschehen. Bereits eine halbe Stunde später traf er mit allen Verantwortlichen im Sitzungsraum der Kriminalpolizei in Biel ein, um die neue Lage und die daraus resultierenden Massnahmen zu besprechen.

Yevgen war wohl untergetaucht, und wie bei der Wohnungsdurchsuchung festgestellt worden war, mit leichtem Gepäck.

Jetzt war der Moment gekommen, eine Grossfahndung nach ihm zu starten, um ihn aufgreifen und festnehmen zu können. Diese wurde vom zuständigen Staatsanwalt bewilligt und die riesige Maschinerie der Polizei lief langsam, aber sicher in der gesamten Schweiz an.

Bundespolizist Schneider beantragte ebenfalls die Ortung von Yevgen Lyesiks Mobiltelefon, um Gesprächsaufzeichnungen der letzten zwei Wochen zu erstellen. Die Grossfahndung nach ihm beinhaltete zudem die Weitergabe der Fahndungsmeldung an alle schweizerischen Flughäfen und Grenzübergänge.

Bereits eine Stunde später hatte er die Gewissheit, dass die gesuchte Person schon am Sonntag vor einer Woche nach Kiew in die Ukraine geflogen und bisher nicht ermittelbar war, ob er inzwischen wieder in der Schweiz weilte oder sich noch immer in Kiew befand.

Diese Erkenntnis machte dem Bundespolizisten zu schaffen. Die Zeit lief ihnen davon und es war nun angebracht, das EDI direkt einzuschalten. Er hinterliess eine Mitteilung an Bundesrat Spühlmann mit der Bitte um dringenden Rückruf. Gegen 11 Uhr erhielt er dessen Rückruf und gab ihm einen Lagebericht mit einem gesamten Update sowie seiner Einschätzung der aktuellen Sicherheitslage. Die Sachlage war ernüchternd – es handelte sich um eine, im Moment noch unbekannte, kriminelle ukrainische Organisation von wahrscheinlich grösserem Ausmass.

Die kritische Sicherheitslage um die Höhle im Creux du Van war jetzt klar ersichtlich und Bundespolizist Schneider insistierte, dass der Schatz umgehend in Sicherheit gebracht oder zumindest militärisch durch ein Sonderkommando der Armee provisorisch bewacht werden sollte.

Dieser eindrückliche telefonische Bericht des Bundespolizisten überzeugte Bundesrat Spühlmann, und er versicherte Schneider, dass er sich umgehend mit dem Divisionär in Verbindung setzen und ihn schnellstmöglich zurückrufen werde.

Gerade als Schneider an einem Sandwich kaute, klingelte sein Telefon wieder und Bundesrat Spühlmann rief zurück.

«Können wir ungestört miteinander sprechen, Herr Schneider?», fragte er. «Selbstverständlich, Herr Bundesrat, ich bin allein hier im Büro», erwiderte er in fast militärischem Ton.

«Wir haben hier in Bern folgendes beschlossen: Bereits am Montagmorgen werden wir, mittels Helikoptertransport und mithilfe des Armee-Aufklärungsdetachements 10 mit etwa 80 Mann, den gesamten Schatz der Helvetier bergen, sachkundig verpacken und in eine unserer Bunkeranlagen in der Innerschweiz ausfliegen. Dieser Beschluss wird in den nächsten Minuten an die gesamte Taskforce Helveticus übermittelt und jedem eine spezielle Aufgabe zugeteilt. Auch die Kantonspolizei Neuenburg wird uns mit der Sicherung der Zufahrtswege hilfreich zur Seite stehen, ohne jedoch im Detail eingeweiht zu werden.

Das 1) AAD 10 wird am Montagmorgen um 8 Uhr früh im Creux du Van eingeflogen, das schwere Material wird gegen Mittag eintreffen. Es wird oben gecampt und am zweiten Tag, also Dienstagabend, wird die Evakuation per Luftbrücke abgeschlossen und der Schatz in Sicherheit sein.

Der Professor sowie seine Assistentin werden die sachkundige Verpackung und das Verladen des Schatzes überwachen. Das AAD 10 wird jedes Fundstück noch in der Höhle, vor der Verpackung, fotografieren und nummerieren.

Chef der ganzen Operation vor Ort ist Bertrand Jacotet, unser designierter militärischer operativer Leitungsoffizier. Selbstverständlich brauchen wir auch Ihre persönliche Präsenz, Herr Schneider. Ihre Aufgabe ist die sicherheitsrelevante Überwachung vor Ort.

---

1)   Das Armee-Aufklärungsdetachement 10, eine 2004 aufgestellte Spezialeinheit der Schweizer Armee mit einer Stärke von rund 90 Soldaten. Die Elite-Einheit ist als Berufsformation eine Kern-Komponente des Kommandos Spezialkräfte. Siehe Wikipedia

Mit dem ersten Helikoptertransport Richtung Innerschweiz wird auch bereits ein kleiner Teil des Detachements der AAD 10 abgezogen, um die Sicherheit des Fluges sowie inner- und ausserhalb des Bunkerbereichs zu gewähren. Der Bunkerbereich wird nach erfolgtem Abschluss des Transportes sowie der Einlagerung des Schatzes durch ein Detachement des Grenzschutzes gewährleistet, das mit schweren Waffen ausgerüstet wird und jederzeit auf weitere zusätzliche Hilfe und polizeiliche Unterstützung zurückgreifen kann.

Der Gesamtbundesrat wird morgen von mir in allen Belangen orientiert und wird in den nächsten wenigen Tagen Entscheidungen für die nähere Zukunft des definitiven Aufbewahrungsortes des helvetischen Schatzes treffen.

Die Organisation einer anschliessenden Inventur und deren Katalogisierung wird unter Leitung von Professor Montmollin des archäologischen Institutes der Universität Neuenburg geführt. Haben Sie Fragen, Herr Schneider?»

«Danke, im Moment nicht, Herr Bundesrat.»

«Gut. Ergänzend möchte ich folgende Erläuterungen anbringen und anschliessend auch Fragen von hier im Raum anwesenden Mitgliedern der Taskforce Helveticus zusammen mit Ihrer Hilfe beantworten.

Wir befinden uns, Stand heute bis einschliesslich Montagmorgen 8 Uhr, in einer äusserst unangenehmen Sicherheitslage. Folgendes ist bekannt:

Erstens: Der helvetische Schatz befindet sich praktisch ungeschützt in der Höhle. Eine eventuelle fremde Behändigung ist denkbar, die Funde liegen somit de facto abholbereit in dieser Höhle im Creux du Van.

Zweitens: Auf Basis von gesicherten Ermittlungen müssen wir davon ausgehen, dass wir kurz vor einer umfangreichen Operation durch zum Teil bekannte Personen, sehr wahrscheinlich aus dem Umfeld von Söldnern aus der Ukraine stehen, durch die wir in einen massiven, wahrscheinlich paramilitärischen Konflikt geraten werden.

Drittens: Unserer Einschätzung nach besitzen diese Personen nicht nur grösste kriminelle Energie, sondern neben grossen finanziellen auch logistisch-militärische Möglichkeiten, um sich dieses enormen Schatzes zu bemächtigen und ihn an eine unbekannte Destination wegzuschaffen.

Meine Konklusion: Wir können unmöglich passiv bleiben und nur hoffen, dass während der nächsten, knapp viereinhalb Tage nichts passieren wird.»

Bundesrat Spühlmann hielt kurz inne, um das Gesagte wirken zu lassen, und räusperte sich, bevor er fortfuhr:

«Wie Sie vielleicht gehört haben, sind die Kräfte der Kantonspolizei Neuenburg durch eine grosse Anzahl von Einbrüchen im ganzen Kanton seit Tagen sehr gebunden, was bereits im Vorfeld und während der letzten Woche zu massiven Überstunden führte. Meiner Einschätzung nach wurden diese Kräfte bereits mehr als belastet und können somit nicht zusätzlich neuen Belastungen ausgesetzt werden.

Auch unsere interkantonalen Polizeikräfte sind am Anschlag. Bern zum Beispiel erwartet diesen Samstag wiederum eine grosse Demonstration von nationaler Bedeutung und wird bereits ab Freitag mit grossen Polizeikräften vor Ort in Bereitschaft stehen. Auch Fussballspiele der Einstufung «rot» finden an diesem Wochenende in Basel wie in Zürich statt. Ebenfalls in diesen zwei Städten wird mit Ausschreitungen von befeindeten Hooligans gerechnet, Hunderte von Polizisten sind auch hier gebunden. Zusätzlich wird am Samstag eine angesagte Versammlung von rechtsradikalen Elementen in der Ostschweiz die Polizei vor Ort auf Trab halten.

Auf internationaler Ebene stehen seit dem heutigen Vormittag bis übers Wochenende in Genf UNO-Gespräche über einen Waffenstillstand in Syrien auf der Tagesordnung. Gemäss meinen Informationen sind somit der Flugplatz und die gesamte nähere Umgebung im Belagerungszustand. Auch dort wird bereits die Mithilfe einiger kantonaler Polizeikräfte, Einheiten des Grenzschutzes sowie eines Bataillons der französischen Gendarmerie benötigt.

Gibt es bisher Fragen?»

Es blieb still in der Leitung. «Ich verstehe», bemerkte Bundesrat Spühlmann, «so viele Informationen müssen zuerst verdaut und geistig verarbeitet werden.» Erneut folgte eine kurze Stille, bevor der Bundesrat wieder das Wort ergriff.

«Somit fahre ich fort:

Eine Online-Videoüberwachung der Gaststätte Ferme Robert und deren unmittelbarer Umgebung war in meine Überlegungen eingebunden, musste jedoch infolge des Zeitfaktors verworfen werden, da der WLAN-Empfang in diesem Canyon nicht funktioniert und eine umfassende Installation von getarnten Kameras verbunden mit einer Satelliten-Richtstrahlantenne einige Tage in Anspruch nehmen würde. Die Enge des Creux du Van mit seinen hohen Wänden stellt eine besondere technische Herausforderung für IT-Fachleute dar. Somit ist dieses Projekt in kurzer Zeit nicht realisierbar und musste verworfen werden.

Aus Geheimhaltungsgründen muss auch die Kantonspolizei Neuenburg aus der ganzen Sache herausgehalten werden.»

Er hielt kurz inne und räusperte sich: «Es bleibt eine einzige Möglichkeit, um ein diskretes Frühwarnsystem einzurichten, um eventuelle Eindringlinge bereits in der Nähe der Ferme Robert ausfindig zu machen und zu überwachen.

Es gibt nur eine Lösung: knallhart der speziellen Lage angepasst und mit höchstem Vertrauensvorschuss an eine einzige Person. Somit kommt nur einer unserer Geheimnisträger infrage.

Die alleinige Verantwortung in dieser geheimen Mission und als einzige involvierte Person liegt somit bei Ihnen, Herr Schneider. Sie sind ausgebildet in militärischer Spezialausbildung, somit prädestiniert für einen alleinigen und selbstständigen Einsatz im Creux du Van.

Sollten wir tatsächlich dort oben Besuch erhalten, werde ich, nach Erhalt der Warnung von Ihnen, eine vorab durchorganisierte Intervention der Kantonspolizei Neuenburg in die Wege leiten. Das Prozedere wird im Voraus festgelegt und dessen Ablauf klar geregelt. Wir werden innerhalb circa zwei Stunden eine Abteilung der AAD 10 in der Nähe per Helikopter diskret absetzen und die kantonale Polizeieinheit unterstützen.

Diese Beobachtung der eventuellen Geschehnisse im Creux du Van müssen Sie, Herr Schneider, direkt und persönlich mit Bertrand Jacotet als weiterem Geheimnisträger absprechen. Auf ihn können Sie sich verlassen, ein guter Mann! Halten Sie mich auf dem Laufenden und geben Sie mir Rückmeldung, sobald Sie mit ihm alles abgesprochen haben. Sie können mich ab sofort rund um die Uhr über das Satellitentelefon direkt erreichen. Danke und viel Erfolg! Die heutige Sitzung ist hiermit geschlossen. Ich wünsche gute Heimkehr und viel Erfolg beim Campieren.»

Der Bundespolizist war sich seiner Verantwortung bewusst. Er war es gewohnt, klare, einfache und auch tiefgreifende Entschlüsse seiner

Vorgesetzten zu erhalten und in bestem Wissen und Gewissen auszuführen. So war nun mal der Job!

Am selben späten Mittwochnachmittag

Nach einem langen Gespräch mit Bertrand Jacotet und einer kurzen, wenig erfolgreichen Sitzung mit den Führungsleuten der Kriminalpolizei Bern in Biel betreffend dem flüchtigen Autohändler Yevgen Lyesik beschloss Bundespolizist Schneider nach Neuenburg zurückzukehren, um dort für die nächsten Tage ein Hotelzimmer ausserhalb der Stadt in Richtung Creux du Van zu beziehen. Er wählte ein Hotel direkt in Montezillon, ca. 20 Minuten entfernt vom Creux du Van und praktisch einen Steinwurf vom Wohnort der Familie Jacotet entfernt. Das Hauptgebäude der Kriminalpolizei Neuenburg war ebenfalls in unter 20 Minuten erreichbar.

Als Bertrand Jacotet von seiner Hotelwahl erfuhr, wurde er spontan zum Abendessen bei ihnen zu Hause eingeladen.

Bundespolizist Schneider hatte ein mulmiges Gefühl in der Bauchgegend, konnte dessen Grund bei Bezug seines Hotelzimmers jedoch nicht einordnen. Irgendwie fühlte er sich nervös, was eigentlich nicht seine Art war, und er blickte, nachdem er frisch geduscht war, in den Spiegel seines Badezimmers. Er nahm sich mehr Zeit als üblich, um seine Haare zu frisieren und sein Aftershave aufzutragen.

Beim Betrachten seines Spiegelbildes erschrak er über sein eigenes, dämliches Grinsen, und er schüttelte seinen Kopf und wunderte sich über seine Mimik.

Da ging ihm ein Licht auf und er schlug sich die Hand an die Stirn. «Es ist Jasmine!» Sein Herzschlag beschleunigte sich und er musste sich kurz abstützen. »Nicht zu fassen – es hat mich gewaltig erwischt!« Diese Gefühle stürmten nun direkt aus seinem Unterbewusstsein auf ihn und konnten von ihm infolge seines ohnehin überhöhten Adrenalinspiegels nur noch schwerlich kontrolliert werden. Er begann im Zimmer tigerartig hin und her zu gehen und fluchte leise. »Nicht jetzt«, versuchte er sich einzureden – die Gefahr eines Interessenkonfliktes oder gar eines unbekannten Nenners könnte ungeahnte Auswirkungen auf diesen konfliktbeladenen und gefährlichen Kriminalfall haben. Er musste sich zurückhalten. Er atmete tief durch, zog etwas Adrettes an und ging nach unten in den hoteleigenen Bioladen. Sofort erblickte er eine Ecke mit schönen

Blumensträussen. »Einen für Frau Jacotet ... und einen zweiten für Jasmine«, überlegte er laut und erntete von der Verkäuferin einen komischen Blick. Kein Wunder, wer führte beim Blumenkauf schon Selbstgespräche? Zusätzlich kaufte er eine Flasche eines Bio-Weines aus der Gegend und schritt dann, äusserst zufrieden, zu seinem geparkten Auto.

Kaum an der Türe des Hauses der Familie Jacotet angekommen, verflogen seine innere Ausgewogenheit und sein Selbstvertrauen. Er fühlte sich plötzlich in seine Jugendzeit zurückversetzt, als er das erste Mal eine ähnliche Situation erlebt hatte.

Er klingelte an der Haustür, und nach wenigen Augenblicken öffnete Jasmines Mutter und begrüsste ihn strahlend zusammen mit dem Hund «Goldy». Zum Glück fing er sich in letzter Sekunde und überreichte Frau Jacotet mit seinem bekannten Charisma ihren Blumenstrauss. Eine knappe Minute später erschien Jasmine mit raschem Schritt und leuchtenden Augen. Dieses Mal trug sie die Haare offen, war geschminkt und hatte ein umwerfendes, rotes Kleid an. Sie küsste ihn auf die Wangen und fragte den erstarrten Bundespolizisten Schneider verschmitzt und leise: «Sind die Blumen für meinen Vater?»

Seine Stimme war nur noch krächzend, und so hielt er den Mund, schüttelte den Kopf und übergab sie ihr.

Bertrand Jacotet begrüsste ihn nun ebenfalls, führte ihn zum Esszimmer und bedankte sich für die mitgebrachte Flasche Wein.

Der Abend verflog in Windeseile. Das Essen war hervorragend und sie hatten zusammen viel zu lachen. Bundespolizist Schneider fühlte sich wohl und gut aufgehoben im Haus der Familie Jacotet – es wirkte beinahe vertraut. Anschliessend hatten sie noch ein langes Gespräch über die letzten Geschehnisse dieser sehr ereignisreichen Tage.

Jetzt war Peter Schneider wirklich entspannt und zufrieden mit der allgemeinen Lage. Die Unruhe in ihm war verflogen, und er hatte volles Vertrauen in die eingeleiteten Massnahmen und die darin involvierten Personen.

Doch das sollte sich rasch ändern ... gänzlich unerwartet mit einer kurzen und prägnanten Ankündigung von Jasmine. Bis jetzt hatte sie sich kaum zu Wort gemeldet, lediglich aufmerksam zugehört und öfter zustimmend genickt.

Doch jetzt räusperte sie sich, liess ihren Blick durch die Runde schweifen und sagte: «Vorgestern Nachmittag ist mir etwas Sonderbares,

Einmaliges und äusserst Mysteriöses passiert. Eine weisshaarige und ganz in Weiss gekleidete alte Frau hat mich im Supermarkt in Neuenburg unerwartet angesprochen. Sie hat mich darauf hingewiesen, dass mein Erlebnis, das ich um die Mittagszeit hatte, ein Zeichen für mich war.

Folgendes war passiert:

Ich stand am Fenster des Sitzungszimmers des archäologischen Institutes und war sehr aufgeregt und besorgt über das plötzliche Auftauchen von Heinz Baltiger und seine Geschichte der Entdeckung unseres Schatzes der Helvetier. Wie in Trance hielt ich dieses Zweifrankenstück mit der Abbildung der Helvetia hoch und schwor, den Schatz der Helvetier mit all meiner Kraft zu verteidigen, bis er in Sicherheit wäre.

Bei meinem Blick aus dem Fenster sah ich plötzlich einen eigenartigen, intensiven, hellen Sonnenstrahl, der durch die Wolkendecke brach und hinter dem See direkt den Mont Vully golden erstrahlen liess.

Dieses Ereignis, dieses mystische Zeichen hat mich im ersten Augenblick schockiert und emotional erfasst, jedoch konnte ich mir zu dieser Zeit keinen Reim darauf machen.

Erst die Begegnung mit der weisshaarigen, alten Frau öffnete mir die Augen und ich hatte kurz eine Kreislaufschwäche. Nachdem mir eine zufällig anwesende Krankenschwester wieder auf die Beine geholfen hatte, war ich für einige Zeit ein wenig belämmert. Trotzdem war mir voll bewusst, dass ich hier nicht irgendeiner Erscheinung zum Opfer gefallen war oder sogar übernatürliche Kräfte am Werk waren. Warum? Ganz einfach! Als eben diese Krankenschwester zu mir sprach und mich routinemäßig einige Daten inkl. des Wochentages fragte, übergab sie mir dieses Zweifrankenstück, das anscheinend neben meinem Kopf am Boden lag. Ich verbrannte mir fast die Hand, die Münze war brennend heiß, erkaltete jedoch sofort wieder. Als ich den Kopf hob, war die weisse, alte Dame, wie vom Erdboden verschwunden.»

Jasmines Vater sah seine Tochter besorgt an und sagte: «Du machst mir Sorgen, du musst deine Batterien wieder laden, ich glaube, dies ist ein Erschöpfungszustand.»

Peter Schneider zog seine Augenbrauen zusammen und brachte, infolge seiner Angespanntheit und seines ausgetrockneten Mundes, nicht einen Ton heraus. Er war ganz im Bann dieser Erzählung und zeigte weder eine Reaktion noch erlaubte er sich irgendeinen Kommentar.» Dies ist doch ein wenig sehr schräg,» dachte er.

Im Gegenteil, er wusste intuitiv, dass das noch nicht alles war.

Jasmine fuhr fort: «Auch heute, am späten Nachmittag bei einem versprochenen Besuch in der kleinen Kirche zu Engollon im Val-de-Ruz, ist mir wieder etwas Unglaubliches passiert. Ich hatte einer Freundin, die gerade mit einer Kollegin eine Darbietung von Cello und Violine einübt, versprochen, für einige Minuten vorbeizuschauen.

Eine Dreiviertelstunde später beim Verlassen der kleinen Kirche habe ich mich einen Moment an einen 1) Menhir aus der Zeit der Kelten gelehnt, um noch einige Musiktöne, die durch ein geöffnetes Fenster hörbar waren, zu geniessen.

Als ich gerade gehen wollte und mich umdrehte, war die weisshaarige, alte Dame wieder da und sprach mich erneut an. Sie wies mich an, den Schatz der Helvetier zu bewachen, bis er in Sicherheit sei. Ich sei dazu bestimmt. Sie wirkte bleich und schwächlich und stützte sich auf einen Stock.

Ich hatte so viele Fragen, die ich ihr stellen wollte, konnte jedoch kein Wort herausbringen und nickte nur und versprach ihr, das nach bestem Wissen und Gewissen zu tun. Sie lächelte glücklich und wünschte mir alles Glück auf Erden.

In diesem Moment hupte ein Autofahrer, und ich drehte mich einen Moment um und wollte dem Störenfried meine Meinung sagen, liess es jedoch bleiben.

Er hatte sicher auch Augen im Kopf und sah, dass es sich um eine alte Frau handelte, die ein wenig ungeschickt auf der kleinen Strasse stand, dachte ich. Aber eben … da war niemand mehr. Das Auto fuhr wieder an und verschwand weiter hinten im Dorf. Das war der Beweis, dass es kein Traum oder eine Erscheinung war. Nein, ein unbeteiligter Autofahrer hupte und hatte die weisse, alte Dame auch gesehen.»

Sie fuhr sich durch ihre Haare und schaute in die Runde. «Ihr glaubt mir nicht, das sehe ich an Euren Gesichtern!»

«Doch, doch sprachen die zwei angesprochenen im Chor und grinsten einfältig,». «Was soll's» sagte der Vater, aber versprich mir, dass Du Dich ein wenig ausruhst, in den kommenden Tagen.»

---

1)   Menhir (Findling, in den meisten Fällen von Menschenhand vertikal aufgestellt)

«Mein Entschluss steht also fest. Ich werde morgen zusammen mit Goldy in den Creux du Van hochfahren, um dort in der Nähe des Einstiegs zur Höhle mein kleines Zelt aufzustellen und bis Montagmorgen dort zu campieren. Nach den Vorkommnissen mit der weissen Frau will ich das unbedingt tun! Bitte keine Widerrede – das Wetter ist okay und die vier Nächte, oder auch fünf Tage, werden im Nu vorbei sein.

Gepackt habe ich schon, Proviant und passende Kleidung sind zur Genüge dabei. Mein Satellitentelefon werde ich selbstverständlich dabeihaben. Sollte ich etwas Besonderes bemerken, kann ich mich ja melden oder sogar eure Hilfe anfordern. Traut ihr mir das zu?»

Peter Schneider musste sich auf die Zunge beissen, um nichts von seinem geheimen Auftrag zu erzählen. Er wollte und konnte ihr nicht widersprechen. Sie sollte nicht erfahren, dass er auch ganz in der Nähe campieren sollte.

Ihm war nicht wohl in seiner Haut, als er nickend seine Zustimmung gab. «Unter folgenden Bedingungen», sagte er.

«Erstens: Sie melden sich jede volle Stunde mittels Ihres Satellitentelefons per Textmitteilung.

Zweitens: Sie machen sich, so weit wie möglich, unsichtbar – also getarnt, zelten ohne Licht oder Feuer, bei absoluter Dunkelheit.

Drittens: Sie bleiben passiv und zeigen sich eventuellen bösen Buben unter keinen Umständen und stellen keinen, ich wiederhole, *keinen* Kontakt zu irgendwelchen Drittpersonen her.

Viertens: Sie erhalten von mir einen Peilsender, den sie versteckt direkt an Ihrem Körper tragen – ohne Wenn und Aber! 24 Stunden am Tag!

Somit, glaube ich, können wir es wagen, Sie während dieser kurzen Zeit da oben sich selbst zu überlassen. Was meinen Sie, Herr Jacotet?» Er sah Jasmines Vater fragend an.

«Na ja, ich kenne meine Tochter nur zu gut. Sie ist erwachsen und zeigt schon immer Eigenverantwortung und auch … Sturheit. Erzählen wir mal nichts deiner Mutter.» Er sah sich um, doch seine Frau befand sich im Moment nicht in der Nähe. Sie hatte wohl den Hund spazieren geführt. «Sie würde sicher ihr Veto einlegen, erwachsene Tochter hin oder her!»

Der Bundespolizist erhob sich und ging nach draussen zu seinem Wagen, um die genannten Utensilien zu holen.

Kaum war er ausserhalb des Hauses, seufzte Jasmine mit verträumtem Blick und lehnte sich an ihren Vater, bevor sie fragte: «Paps, wie findest du ihn? Ich glaube, es hat mich erwischt.» Ihr Vater sah sie erschrocken an und meinte überrumpelt: «Aber du kennst ihn ja gar nicht, nur kurz – oder?» Er war sichtlich perplex und fraglos überfordert in dieser Sache. «Jetzt, so kurz vor diesem Einsatz, solltest du dich konzentrieren und Ablenkungen vermeiden. Jasmine, du bist doch bereits in guten Händen – oder?»

Sie blickte ihn mit einem lieben, aber äusserst sehnsüchtigen Blick an und erwiderte: «Wann wird ein Mann jemals eine Frau verstehen?»

Sie wurden unterbrochen, als der Bundespolizist mit einer grossen Tasche in der Hand zurückkam. «Habe ich etwas verpasst? Sie wirken ganz in Gedanken vertieft, richtig emotional.» «Nein, nein», erwiderten sie synchron, «nur Vater-Tochter-Geplänkel», meinte Jasmine.

Der Bundespolizist grinste und fragte, ob sie bitte mit ihm in ihr Zimmer gehen könne, um den Peilsender anzubringen und direkt zu testen.

Minuten später war dies erledigt und die beiden kamen wieder ins Wohnzimmer.

Auch Jasmines Mutter war inzwischen zurück und war von ihrem Mann über alles, was in der letzten halben Stunde besprochen worden war, informiert worden. Sie sah ihre Tochter äusserst besorgt an und sagte mit zitternder Stimme: «Muss das sein? Wie kannst du dich nur so Hals über Kopf in diese Sache stürzen und dich in eine so gefährliche Aktion einbinden lassen? Ich bin besorgt, wie jede andere Mutter es auch wäre.»

«Keine Sorge, Mama, das nennt man kalkulierbares Risiko. Ausserdem habe ich ja zwei Männer, die mich beschützen werden.»

Frau Jacotet war völlig irritiert. Sie schaute in die Runde und dann wieder zu Jasmine, die zum wiederholten Mal, infolge von Schmetterlingsbefall, knallrote Backen hatte.

«Wie, was?», fragte Frau Jacotet und sah zuerst zu Bertrand, ihrem Mann. Dieser blickte zu Boden und kratzte sich am Kopf. Dann schaute sie zu Peter Schneider, der sie lediglich anlächelte und mit den Schultern zuckte.

«Na ja», meinte sie, «erwachsen bist du ja seit geraumer Zeit, Jasmine, aber …», sie schaute Jasmine fragend an, «willst du das wirklich tun?»

«Sorry, Mams, jetzt muss ich Prioritäten schaffen, die Zeit läuft mir davon. Ich muss das einfach tun, basta!» Sie warf ihren Kopf nach hinten, sodass ihr Pferdeschwanz wie wild wippte, und verliess den Raum mit selbstsicherem, aber elegantem Schritt.

Herr Jacotet platzte fast vor Stolz, Frau Jacotet wurde blass und Bundespolizist Schneider hatte rote Wangen und einen verträumten Blick, der ihn wie ein Teenager aussehen liess.

Jetzt war der Moment gekommen, sich zu verabschieden und zurück in sein Hotel zu fahren. Morgen früh wollte er bereits mit voller Ausrüstung Richtung Ferme Robert hinauffahren, um dort, tief im Wald, seine Position zu beziehen.

...nach der Entdeckung des Schatzes der Helvetier

Das Tageslicht erhellte bereits die Gegend rund um Noiraigue, als Bundespolizist Peter Schneider mit seinem Auto durch das noch verschlafene Dorf und über die Brücke der Areuse den Berg hinauf in Richtung Creux du Van fuhr, zur Ferme Robert. Er wollte sich dort oben, nicht weit entfernt vom Einstieg in die Schatzhöhle, einen geschützten und nicht einsehbaren Platz suchen, um von niemandem entdeckt werden zu können. Er war sich sicher, dass Jasmine in etwa einer Stunde ebenfalls den Weg nach oben in Angriff nehmen würde, um noch vor Eröffnung der Gaststätte ihren Platz zu beziehen. Noch bevor Touristen mit Hund und Kegel vom Parkplatz aus ihre Wanderungen beginnen würden, musste ihr Platz bereits bezogen sein, da weitere Transporte von Campingausrüstung nicht unentdeckt bleiben würden.

Der Bundespolizist erreichte den Parkplatz wenig später, lud den ersten Teil der Ausrüstung zusätzlich auf seinen bereits prall gefüllten grossen Rucksack und schritt zielsicher an der Ferme Robert vorbei in Richtung des oberen Teiles des Waldes. In wenigen Augenblicken verschluckte ihn der Wald und er benötigte eine Taschenlampe, um im Dickicht seinen Weg zu finden. Weiter oben – er schnaufte stark während des Aufstiegs – fand er eine flache, kleine und nicht einsehbare Lichtung, genau das Richtige für sein Lager sowie auch optimal für die Überwachung der Umgebung. Er stellte die gesamte Ladung ab und beeilte sich, um zu seinem Fahrzeug zurückzukehren. Er lud die zweite Hälfte der Ware in und auf seinen Rucksack und schritt möglichst rasch zurück in Richtung der kleinen Lichtung.

Wenige Minuten später lief er denselben Weg wieder zurück, fuhr direkt zu seinem Hotel und genoss ein herrliches Frühstück.

Seinen Wagen konnte er nun nicht mehr benutzen – Jasmine hätte ihn auf dem Parkplatz der Gaststätte entdecken können, womit seine Tarnung aufgeflogen wäre.

Er sah nur die Möglichkeit, sich als Motorradfahrer auszurüsten, um im Laufe des Abends unerkannt in den Creux du Van zurückzukehren. In der Nähe des Parkplatzes, im unteren Walde, hatte er ein Versteck für das Motorrad ausgemacht, um dieses den Blicken von eventuell zu erwartenden Kriminellen zu entziehen.

Er bestellte bei seiner Leitstelle ein Motorrad und die dazugehörige Ausrüstung und stellte sicher, dass alles ihm noch heute direkt an seine vorübergehende Adresse in Montezillon geliefert wurde.

In der Zwischenzeit hatte er noch einige Telefonate zu erledigen.

Jasmine hatte sich inzwischen ebenfalls im Wald, etwa 300 m schräg gegenüber dem Parkplatz der Ferme Robert, gemütlich eingerichtet. Der Zeltplatz war ihrer Meinung nach hervorragend gewählt, da er rundherum von Dickicht umgeben und somit gut getarnt war. Nur wenige Meter entfernt hatte sie eine gute Rundsicht über alle für sie strategischen Punkte. Sie wusste, wie wichtig es war, sich ruhig zu verhalten und vor allem unentdeckt zu bleiben. Sie hatte zwei Bücher eingepackt und wollte diese Zeit der Musse ausgiebig geniessen können. Für ihren Hund hatte sie eine überlange Leine mitgenommen, damit er nicht in Versuchung kam, Wildtieren jeglicher Art nachzulaufen. Als Touristin verkleidet hatte sie vor, kleine Spritztouren in der näheren Umgebung zu unternehmen, um sich und ihrem Hund die Beine zu vertreten. Als Erstes legte sie sich ins Zelt und begann die ersten Zeilen eines der mitgebrachten Bücher zu lesen. Es war einfach herrlich entspannend hier in der Natur.

Nach einiger Zeit, es war kaum eine Stunde um, erhob sich der Hund und schaute sein Frauchen an. Das Buch war ihr aus der Hand gefallen, sie war eingeschlafen und schnarchte leicht. Goldy streckte sich zufrieden, legte sich an den Eingang und schloss ebenfalls die Augen.

Am Nachmittag erhielt der Bundespolizist seine gesamte Motorradausrüstung inklusive Helm, Ganzlederanzug, Handschuhe, Stiefel usw. direkt in sein Hotel im Montezillon geliefert.

Er wollte, bevor er mit dem Motorrad losfuhr, mit Jasmine in telefonischen Kontakt treten. Er erreichte sie ohne Probleme für eine Überprüfung der Lage per Satellitentelefon und sprach eine gute halbe Stunde mit ihr. Sie erzählte sprudelnd vor Aufregung von ihrer Suche nach einem idealen Campingstandort und klang äusserst zuversichtlich. Ihre Stimme zu hören, tat ihm gut. Er war froh über diesen positiven Lagebericht und ertappte sich dabei, sie baldmöglichst sehen zu wollen. Seine Stimme war belegt, also räusperte er sich und konzentrierte sich vollkommen auf die Fakten, bevor er das Gespräch in professioneller Art beendete. Danach kamen unerwartete Gefühle in ihm hoch und er musste sich kurz fangen. Bereits nach wenigen Minuten hatte er sich wieder im Griff.

Am frühen Abend fuhr er hoch in Richtung Parkplatz, versteckte, wie vorgesehen, sein Motorrad im nahen Wald und lief zu seinem Zeltlager. Da lag schon ein Reh nahe am Zelt und rannte, sobald es ihn erblickte, mit hohem Tempo in den dunklen Wald. «Eine einmalige Natur», murmelte er und räumte seine letzten Sachen ein.

…nach der Entdeckung des Schatzes der Helvetier

Bundespolizist Schneider fuhr bereits um 7 Uhr wieder hinunter ins Tal. Alles war still und friedlich. Doch er traute dem Frieden nicht – seine jahrelange Erfahrung hatte ihm immer wieder gezeigt, wie unberechenbar Kriminelle sein können und dass Überraschungen an der Tagesordnung lagen.

Daher zog er mehrere prüfende Runden durch Noiraigue, bemerkte aber keine Auffälligkeiten in Form von fremden Personenwagen oder Menschen. Anschliessend trank er einen Kaffee im l'Auberge de Noiraigue, einem bekannten Restaurant mit gehobener Küche, gutem Kaffee und Croissants. Dies schien allgemein bekannt zu sein, da die Tische des kleinen Cafés sehr gut gefüllt waren.

Die Zimmerschlüssel hingen alle noch fast vollständig am Brett, nur drei fehlten. Auch hier alles ruhig und normal. «Na ja», dachte er, «was noch nicht ist, kann noch werden.» Dann stieg er wieder auf sein Motorrad und fuhr zurück in sein Hauptquartier, dem Hotel in Montezillon, keine 10 Minuten entfernt.

Kaum angekommen, telefonierte er mit Jasmine, die anscheinend geschlafen hatte wie ein Murmeltier. Sie war guter Laune und freute sich sichtlich, dass er sie anrief.

Später, nach einigen Telefonaten mit der fedpol, traf er sich für einen weiteren Kaffee mit dem militärisch operativen Leitungsoffizier, Jasmines Vater Bertrand Jacotet. Dieser arbeitete nun ausschliesslich an der Planung der Koordination zur Abwehr eines eventuellen Versuchs von kriminellen Personen, sich des Schatzes zu bemächtigen. Seine Interventionskoordination war weit fortgeschritten, bei der Kantonspolizei existierte ein Plan A, B und C mit dem Codenamen «Steinbock» – alles verständlicherweise unter dem Deckmantel falscher Informationen zur Verschleierung des enorm wertvollen Schatzes der Helvetier. Offiziell sprach man inzwischen von einem Fund einer geheimen Lagerstätte von Kunstwerken, die im Creux du Van schon vor vielen Jahren bei einer

Nacht- und Nebelaktion von Kunstwerkschiebern in eine Höhle eingelagert worden waren.

Bertrand Jacotet hatte bei dieser amtlichen Stelle Gerüchte gestreut, dass es sich fast ausschliesslich um zeitgenössische Kunstgemälde und grosse Bronzestatuen im Werten von ca. 3,5 - 4,5 Millionen Schweizer Franken handelte.

Somit würde dieser Fund keine grössere Aufmerksamkeit auf sich ziehen und eine gewisse Diskretion war sicherlich gewährleistet.

Für die Auslösung der ersten Phase des Alarmes wurde als Codename «Die Steinböcke sind los» festgelegt.

Die von Bertrand Jacotet geleistete, minutiöse und anspruchsvolle Planung dieses Worst-Case-Szenarios beeindruckte Peter Schneider und der Ablauf der drei verschiedenen Pläne war genau in seinem Sinne. Er prägte sich alles ein und hatte da und dort einige Fragen und Bemerkungen. Bertrand Jacotet schrieb ein paar Dinge gemäss den Anregungen des Bundespolizisten um und ergänzte das eine oder andere. Einige Stunden später, der Abend brach bereits an, fuhr Schneider wieder mit seinem Motorrad in Richtung Ferme Robert, versteckte es diskret und machte sich wiederum vorsichtig auf Schleichwegen bis zu seinem Campingplatz auf.

Jasmine verbrachte fast den ganzen Freitag damit, zusammen mit ihrer Goldy durch den Canyon Creux du Van zu spazieren. Bei den vielen Touristen konnte sie diskret die Umgebung überwachen und die Zeit totschlagen. Gegen 16:00 Uhr stattete sie der Ferme Robert einen Besuch ab, wo sie ein Plättchen mit Bündnerfleisch, ein Gläschen Wein und hausgemachten Apfelkuchen zu sich nahm. In der Toilette konnte sie sich ein wenig frisch machen. »Schnell, nur nicht auffallen», sagte sie sich. Bereits vor 17 Uhr verliess sie die Gaststätte wieder und lief diskret in Richtung des nahen Waldes. Sie freute sich darauf, in ihrem Buch weiterzulesen und die zwei obligatorischen, versprochenen Telefonate an den Bundespolizisten Peter Schneider und ihren Vater zu erledigen. Danach wollte sie sich rundum dem Campieren widmen. Sie war entspannt, jedoch voll fokussiert auf diese Bewachungsarbeit, welche sie sich selbst auferlegt hatte. Heute Nacht wollte sie sich mit dem Nachtsichtgerät, das ihr der Bundespolizist mitgegeben hatte, beschäftigen, um es im Notfall optimal verwenden zu können. Sie fühlte sich sicher hier im Wald, war unaufgeregt, wusste jedoch, dass böse Buben aller Voraussicht nach meistens in der Nacht agierten und sicher nicht am helllichten Tag in Präsenz von etlichen Dutzenden Touristen, die hier die Gegend bewanderten. Auf jeden Fall musste sie nur noch die nächsten zwei Nächte ihren Bewachungsauftrag ausführen – am Montagmorgen schon würde die Armada der Armee einfliegen und den ganzen Schatz in einem sicheren Bunker in den Bergen einlagern. Sie freute sich bereits auf das Danach, wenn sie sich uneingeschränkt zusammen mit ihrem Professor und anderen Kollegen der Katalogisierung des Schatzes widmen konnte.

Gegen 1 Uhr summte ihr Wecker und sie setzte sich das Nachtgerät auf, lief bis an den naheliegenden Waldrand und spähte in Richtung der Strasse. Während einigen Minuten lauschte sie und konnte nichts Aussergewöhnliches sehen oder hören.

...nach der Entdeckung des Schatzes der Helvetier

Als Peter Schneider an diesem Morgen bereits wieder sehr früh er-
wachte – er fühlte sich trotz zwei nächtlichen Kontrollgängen in der nä-
heren Umgebung fit und hellwach – kochte er sich heisses Wasser, fügte
Kaffeepulver in seine Tasse hinzu und lief einige Meter um seinen Platz.
Er wunderte sich, wie immer in dieser herrlichen Umgebung, über die
Stille und die extrem saubere Luft, die er mit Genuss in seine Lungen sog.
Man hörte nur die Vögel zwitschern und ein Wildtier weit hinten im
Canyon blöken. Er fühlte sich ausgeruht und energiegeladen, «Komme,
was wolle», dachte er, ich bin bereit!»

Wenig später fuhr er, mit grösster Aufmerksamkeit, langsam und mit
ausgeschaltetem Motor ins Tal hinab. Er begegnete niemandem auf dem
ersten Kilometer, sodass er den Motor wieder laufen lassen konnte. In
Noiraigue angekommen, zog er wieder mehrere Schleifen durch und um
das Dorf herum. Keine Menschenseele weit und breit, keine auffälligen
Fahrzeuge zu sehen.

Dieses Mal fuhr er direkt ins Hotel, nahm eine Dusche und erfreute
sich danach am reichlichen Frühstücksbuffet.

Seine Telefonate mit Jasmine und Bertrand Jacotet brachten ihm keine
neuen Erkenntnisse – alles war im grünen Bereich.

Auch Bern hatte nichts Neues zu berichten, die Vorbereitungen für die
Hebung des Schatzes und dessen Transport mit mehreren Helikoptern in
einen Bunker liefen auf Hochtouren. Wie vorgesehen, konnte alles für
Montagmorgen planmässig vorbereitet werden. Ein Sondereinsatzkom-
mando mit 60 ausgebildeten, schwer bewaffneten Soldaten war für diesen Einsatz bestimmt worden und grösste Sicherheitsvorkehrungen der
Stufe Rot wurden vorgenommen. Alles unter grösster Geheimhaltung,
wie von Bundesrat Spühlmann sowie Divisionär Ribotin anlässlich ihrer
Sitzung in Bern angeordnet wurde.

Ebenfalls wurden, auf Verlangen von Professor de Montmollin, grosse Mengen von Material wie einige Lastwagen, zwei Förderband-Transporter, Kisten, Verpackungsmaterialien wie Luftpolsterfolie, Beleuchtungskörper für Baustellen und Höhle, mehrere Diesel-Stromerzeuger usw. bereits in der näheren Umgebung geladen und abfahrbereit bereitgestellt.

Keine Mühe schien zu gross – Bern wollte alles richtig machen. Bundesrat Spühlmann würde persönlich in diesen Tross involviert sein.

Über Mittag, die Zeit verflog im Nu, fuhr der Bundespolizist erneut mit seinem Motorrad nach Noiraigue und zog seine Schleifen durchs Dorf. Dieses Mal kontrollierte er jedoch auch die nähere Umgebung auf auffallende Fahrzeuge, Personen oder Arbeiter. «Nichts Besonderes», murmelte er in sich hinein. Also fuhr er den Berg hoch direkt zu seinem Versteck im Wald unterhalb des Parkplatzes.

Jetzt fühlte sich Peter Schneider angespannt. Er mimte einen Wanderer mit Rucksack, lief an der Gaststätte vorbei und verschwand wenige Minuten später im Wald. Anfang Nachmittag war er einer unter vielen und niemand blickte ihn genauer an.

Er war vorsichtig beim Abbiegen in den Wald und verschwand mit Geschick abseits des Weges. «Keine Spur von Jasmine, Glück gehabt», dachte er und drängte sich durch das Dickicht, wo er nach wenigen Minuten seinen Zeltplatz erreichte, sich entspannt auf seine weiche Matte legte und gleich einschlief. Später streifte er oberhalb seines Lagers durch den Wald und kehrte langsam in einem grossen Bogen zurück zu seinem Standort.

Nichts, aber auch gar nichts war ihm aufgefallen: keine durchs Gebüsch laufenden Personen oder komische Gestalten, die picknickten oder dergleichen. Er wollte in einer Stunde nochmals Richtung Parkplatz hinuntergehen und auch dort alles kontrollieren.

Weiter hinten im Walde, gut versteckt vor den vorbei wandernden Touristen, sass Jasmine mit ihrer Goldy am Essen und erfreute sich an den angenehmen Temperaturen. Im selben Moment vibrierte das Satellitentelefon. Peter Schneider wollte wieder Neuigkeiten von ihr und updatete sie anschliessend über die letzten Informationen aus Bern betreffend der laufenden Vorbereitungen für Montag. Nach dem Update plauderten sie noch eine Weile über Gott und die Welt. Mehr Emotionen konnten sich beide nicht leisten, zu sehr waren sie angespannt und fokussiert auf ihre Aufgabe. Es war nicht der Moment für romantische Gedanken. «Alles zu seiner Zeit», murmelte sie, sobald die Verbindung endete.

Sie war in Gedanken an den Bundespolizisten verloren, als plötzlich ein Schatten nahe ihrem Kopf vorbeiflog und Jasmine fürchterlich erschrak. Goldy bellte, Jasmine zog sie an sich und sprach beruhigend auf sie ein. Sie folgte dem Blick ihrer Hündin und erblickte leicht oberhalb in einer Tanne einen grossen Greifvogel. Sie meinte einen Adler zu erkennen. Jetzt flog er in einem Halbkreis wieder weg und kam im Sturzflug direkt auf sie zu. Sie duckte sich, blickte auf und sah ihn weiter hinten verschwinden.

Jetzt war sie hellwach. Dies war ein Zeichen, da war Jasmin sich sicher. Etwas war im Gange, das war offensichtlich. Sie ging augenblicklich in Alarmmodus, räumte alles auf und schlich sich zu der Stelle, von wo sie den Einstieg zur Höhle überblicken konnte. Nach einer Stunde angespannter Überwachung war ihre Geduld am Ende und sie ging zurück zu ihrem Campingplatz.

Alles war ruhig, sie schien bereits zu viel Adrenalin im Körper zu haben. Es war besser herunterzufahren und abzuwarten, ob tatsächlich etwas geschehen würde. Es war schon gegen 17 Uhr, der Touristenstrom war versiegt und nur noch einzelne Wanderer schritten müde, jedoch glücklich von ihren Erlebnissen in Richtung Tal. Erfahrungsgemäss waren die letzten, hartgesottenen noch am Abstieg, aber gegen 18 Uhr wurde es wieder still und wie leergefegt hier in der Gegend.

Die Stunde war schnell um und der Bundespolizist packte einiges an Spezialmaterial in seinen kleineren Rucksack. Dann lief er hinunter, umging geschickt im gedeckten Wald die Ferme Robert und kam schräg gegenüber an eine Stelle, wo er eine optimale Sicht auf den naheliegenden Parkplatz hatte. Hier gab es keinen Wanderweg, sodass niemand ihn entdecken oder gar beobachten konnte. Viele kleine Hügel und alte Baumstämme stellten eine ideale Tarnung für den Bundespolizisten dar und er stellte erfreut fest, dass er von hier aus auch die Gegend bis zur Gaststätte überblicken konnte.

Nach einer halben Stunde stellte er fest, dass auch hier die Lage normal und ruhig war und es im Moment keinen Anlass zur Beunruhigung gab.

Inzwischen hatte sich der Parkplatz fast geleert – kein Wunder, die Sonne war schon lange nicht mehr sichtbar. Er konnte mit seinem

Feldstecher jedoch jedes Detail sehen, da die Beleuchtung soeben eingeschaltet wurde. Hier oben kannte man wohl keine Sparübungen im Hinblick auf Elektrizität.

Es war schon kurz vor 19 Uhr, als ein Personentransporter vorfuhr und
sechs Männer mit Gepäck ausstiegen. Was Peter Schneider sofort alarmierte, war der Umstand, dass all diese Männer ausnahmslos Kurzhaar-
schnitte hatten und militärisch geschult wirkten. Vierschrötige Typen, die
um diese Zeit hier oben auftauchten? Sie warteten offensichtlich auf ir-
gendjemanden. Der Transporter fuhr inzwischen wieder hinunter in
Richtung Noiraigue.

Keine fünf Minuten später – die sechs Typen warteten immer noch –
hörte er einen Lastwagen, der unten im Wald hochtourig am Hinauffahren war. Schon bald erreichte dieser den Parkplatz und wendete wieder
in Richtung Ausfahrt, um dort anzuhalten. Er war voll beladen, jedoch
mit Blachen bedeckt, sodass der Bundespolizist keine Details erkennen
konnte. Schon fuhr ein zweiter Personentransporter vor, dem wiederum
sechs muskulöse Typen entstiegen, die am anderen Ende des Parkplatzes
warteten. Einer der soeben aussteigenden Männer war ungeschickt, und
beim Ausladen seines Gepäcks fiel ihm eine Waffe auf den Boden, die er
blitzschnell wieder einpackte.

Der Bundespolizist hörte bereits einen weiteren, hochtourig fahrenden
Lastwagen in der Ferne ... Jetzt riss sein Geduldsfaden und er wollte entschlossen auf diese echte Bedrohung reagieren. Seine ausgeprägte, ins-
tinktive Situationserfassung gepaart mit grossem Verantwortungsbe-
wusstsein liess ihn eine von diesen Männern ausgehende, grosse Gefahr
erkennen. Hier war eine bewaffnete und gut organisierte paramilitärische
Einheit in Aktion.

Jede Minute, die verstrich, in der er den Alarm nicht auslöste, war ge-
fährlich und konnte weitreichende Konsequenzen mit sich ziehen. Peter
Schneider atmete einmal tief durch, schnappte sich das Satellitentelefon
und rief Bertrand Jacotet an. Ruhig und unaufgeregt schilderte er die aktuelle Lage. Während der wenigen Minuten, die er dafür benötigte, fuhr
bereits der zweite Lastwagen, gefolgt von einem weiteren Personentransporter, auf den Parkplatz.

Angesichts dieser aus dem Nichts einfallenden und mit automatischen
Waffen ausgerüsteten Truppe entschloss sich Peter Schneider, den

Codenamen «die Steinböcke sind los» auszusprechen. Bertrand Jacotet quittierte augenblicklich die Auslösung des Alarmes der höchsten Stufe. «Seien Sie vorsichtig», bat er ihn noch, bevor er auflegte. Mittels eines Tablets nahm der Bundespolizist einige Fotos auf, welche per Satellitentelefon mit einem schriftlichen Bericht an Bertrand Jacotet übermittelt wurden. Auch ihren Erhalt wurde nach wenigen Augenblicken rückbestätigt. Er fügte hinzu, dass auch Bern alle Informationen erhalten habe und die zuständige Taskforce sowie Bundesrat Spühlmann und der Gesamtbundesrat ebenfalls alarmiert worden wären. Divisionär Ribotin hatte die oberste Befehlsgewalt erhalten und führte seinen Stab im Kommandozentrum der Schweizer Armee. Dem Kommandanten der AAD 10 war vom Divisionär befohlen worden, die Bereitschaft seiner Spezialeinheit einzuberufen und innerhalb von sechs Stunden im Flughafen Belp, Bern einsatzbereit zu sein. Die Überführung der AAD 10 in den Grossraum von Neuchâtel mit Helikoptern zwecks Behändigung dieser paramilitärischen Einheit konnte innerhalb von ca. 30 Minuten geschehen. Die nahe Grenze zu Frankreich erforderte möglicherweise ebenfalls eine Intervention der Gendarmerie National aus dem Departement du Jura. Sie war bereits informiert worden und stellte einen Offizier als Kontaktperson zur Verfügung.

Danach telefonierte Peter Schneider mit Jasmine und informierte sie zuerst über seine Präsenz hier unten in Nähe des Parkplatzes und über die Lage im Allgemeinen. Auch über die Auslösung des Alarmes klärte er sie mit wenigen Sätzen auf. Sie erschien ihm sehr gefasst, ja, sie war ebenfalls ruhig und unaufgeregt. Ihre schnelle Aufnahmefähigkeit, ihr Verständnis und ihr Vertrauen in ihn beeindruckten ihn zutiefst. Er bat sie, sich ab jetzt ruhig zu verhalten, unsichtbar zu bleiben und auf keinen Fall ihren Campingplatz zu verlassen.

In der Zwischenzeit war schon der vierte voll beladene Lastwagen vorgefahren und gegen 50 Mitglieder dieser paramilitärischen Einheit standen in der Gegend herum.

Er schaute auf die Uhr, es war kurz vor 20 Uhr. Der Tross setzte sich zu Fuss in Bewegung. Ein Anführer war der Befehlsgeber und ein Zivilist folgte mit einem Fahrzeug, welches die Gaststätte ansteuerte.

Inzwischen war der Erhalt seines zweiten Rapports ebenfalls von Bertrand Jacotet bestätigt worden und auch der Bundespolizist machte sich auf den Weg zur Ferme Robert, wobei er erneut den kleinen Umweg quer durch den hinteren Wald benutzte.

Er sah keine Wanderer mehr und auch die Ferme Robert schien bereits geschlossen. Er schlich sich von hinten näher an das Terrassenfenster und blickte ins Innere. Sein Instinkt gab ihm Recht: Er sah zwei Personen, die an je einem Stuhl festgebunden waren. Dies waren sicher die zwei Gastwirte, die auch hier im Hause wohnten. Er machte erneut wenige Fotos und schickte sie mit einem Kommentar an Bertrand Jacotet. Diese Typen schienen vor nichts zurückzuschrecken. Das hier war klar und deutlich eine Geiselnahme. Was für eine dramatische Entwicklung seit der letzten Stunde. Gerade als er in den Schutz des Waldes zurückkehren wollte, erstarrte er und sein Herz klopfte wie wild. Da jetzt das Licht an gemacht wurde, sah er einen Hund, der in die Gaststube rannte und die zwei Geiseln freudig beschnupperte. «Nein», murmelte er, «das kann nicht sein!» Es handelte sich um Goldy.

Wo war Jasmine, wenn der Hund … Weitere Überlegungen wurden überflüssig, als sie ebenfalls von zwei Vierschrötern in den Raum geschubst und an einen Stuhl gefesselt wurde. Jetzt überkam ihn Panik. Sein Herz raste und er schwitzte wie wild. Wie hatte das geschehen können? War Jasmine unaufmerksam gewesen? Wahrscheinlich im Kontext ihres Hundes. Er war nun zu allem entschlossen und ihn überkam eine Riesenwut auf diese Söldnertruppe. Doch er konnte sich kontrollieren und informierte wiederum Bertrand Jacotet über die neuste Entwicklung dieses echten Dramas. Dies waren keine positiven Neuigkeiten für Jasmines Vater. Peter Schneider musste auf die Bestätigung eine lange Minute warten.

Danach schlug er sich in den nahen Wald, umging in einem grossen Bogen die neuralgische Gefahrenzone und gelangte schliesslich in sein Zeltlager. Zuerst musste er sich verpflegen und durchschnaufen. Die Nacht würde lang werden, da war er sich sicher! Sein Auftrag war jetzt nicht, wie James Bond in britischer Geheimdienstmanier direkt in den Kampf einzugreifen, sondern genaue Informationen über diese Organisation, ihre Ziele und den Transportort des Schatzes zu beschaffen. Er war bereit, sich der Gefahr einer Gefangennahme oder Schlimmerem auszusetzen. Das war sein Job, dies hatte er schon mehrmals in der Vergangenheit bewiesen.

Alles war nun gepackt und er war verpflegt und bereit, sich den noch unbekannten Herausforderungen zu stellen. Er hatte sein

Nachtsichtgerät an seinem Kopf gut befestigt und eingeschaltet und schritt jetzt vorsichtig in Richtung der riesigen beleuchteten Lichtung auf der anderen Seite des Tales. Er musste wiederholt sein Nachtsichtgerät abschalten, sobald er in Richtung des Lichtes lief, wieder einschalten, wenn er einen Bogen in den dunklen Wald schlug, und danach wieder abschalten, wenn der Lichteinfluss zu stark wurde.

Weiter ging es im Zickzack näher an die Geschehnisse. Plötzlich, ca. 50 Meter vor ihm, erblickte er im dunklen Teil des Waldes zwei Gestalten beim Rauchen – Wachtposten. Er musste jetzt gebückt weiter schleichen und öfter anhalten, um sich hinzulegen und die Umgebung genau zu beobachten.

Er legte sich auf den Boden und robbte ca. 40 Meter auf dem Bauch, um ganz in die Nähe der Lichtung zu kommen. Dort erblickte er, geschützt von einem Dickicht, den Schauplatz des Geschehens. Alles war in gleissendes Licht getaucht. Riesige Scheinwerfer beleuchteten den Eingang, wo die Truppe damit beschäftigt war, Baumaterial heranzuschleppen. Es war laut, da die Diesel-Stromerzeuger mächtig brummten. Die Männer, geblendet vom hellen Licht, konnten ihn glücklicherweise im Dunkeln nicht sehen.

Zu seiner Sicherheit liess der Bundespolizist seinen Blick mithilfe seines Nachtsichtgerätes in das Innere seines Waldstückes schweifen und suchte nach eventuellen Wachleuten. Nichts zu sehen.

Er hörte Männer, die am nächsten bei ihm standen, lauthals Befehle in Russisch rufen. Er verstand leider gar nichts, da er dieser Sprache nicht mächtig war.

Mit grösster Vorsicht wiederholte er das Prozedere mit Tablet und Satellitentelefon zum x-ten Mal und beschrieb Bertrand Jacotet die Situation. Das Telefon summte leise, als die Rückbestätigung eintraf.

Momentan wurden massenweise Kisten mit Verpackungsmaterial in die Höhle hinuntergelassen, und grosse Förderbänder, jedes sicher 10 Meter lang, standen auch schon am Rande des Eingangs. Seiner Einschätzung nach, bei diesem Tempo und den vielen Männern, konnte die Bergung mit aller Wahrscheinlichkeit in ungefähr zwei bis drei Stunden beginnen, und nochmals zwei Stunden später würde der Schatz aufgeladen und abfahrbereit sein. Die einzige Verzögerung, aber nicht mehr als zwei Stunden, könnte das Ausgraben der Schätze aus der dicken Schmutzschicht darstellen, wie er in Jasmines Bericht gelesen hatte.

Es war jetzt 22 Uhr. Er schätzte, dass die Abfahrt aller Fahrzeuge und Männer spätestens um 6 Uhr morgens erfolgen würde.

Diese doch sehr spekulative Einschätzung des Bundespolizisten entsprach vielleicht nicht der eines seriösen Bauunternehmers, jedoch wollte er seine These trotzdem schnellstens an Bertrand Jacotet weiterleiten, was er umgehend erledigte. Wieder erhielt er die Rückbestätigung in wenigen Sekunden.

Peter Schneider spekulierte weiter. Ging der Transport nach Frankreich oder weiter Richtung Neuchâtel? In der Schweiz bestand am Sonntag Fahrverbot für Lastwagen – komisch, dass diese Gesetzeslage den Kriminellen nicht bekannt war. Bei einer Armada von vier beladenen Lastwagen und mehreren Personentransportern – sprich einem Touristenbus ab Noiraigue – waren die Geräuschemissionen zudem gewaltig und besonders auffallend.

Um die Richtung des Transportes zu verfolgen, konnte der Bundespolizist nicht vorab mit seinem Motorrad ins Tal hinunterfahren, da unterwegs sicher ein oder zwei Kontrollposten von bewaffneten Paramilitärs standen.

Er bat Bertrand Jacotet, ihm einen Helikopter zu beordern, der ihn vom Parkplatz der Ferme Robert abholen sollte. Die Bereitschaft des Helikopters sollte ausser Hörweite, schätzungsweise fünf Kilometer hinter dem Restaurant «Le Soliat» oberhalb des Creux du Van, mit Anflug nur von Süd-Westen, beordert werden. Von dort oben würde der Helikopter auf Abruf in einigen Minuten unten bei der Ferme Robert sein und ihn mitnehmen können.

Das Wetter war im Moment gut, also kein Problem für den Piloten. Einmal in der Luft und hoch über dem Val-de-Travers, konnte man die Strassen gut überblicken und schnell die Position der vier Lastwagen ausmachen sowie die Kommunikation mit Bertrand Jacotet sicherstellen. Der Bundespolizist bat ihn auch, infolge der Geiselnahme von Jasmine und den Pächtern der Ferme Robert keine Strassensperren zu errichten. Zudem wolle man nicht unnötig die wenigen kantonalen Polizeikräfte in Gefahr bringen.

Diese vierschrötige Truppe, die soeben in den Creux du Van einfiel, hatte sicher jahrelange Erfahrung mit Konflikten und Kriegseinsätzen und war geschult, brutal sowie brandgefährlich. Der Bundespolizist entschied, hier in Deckung zu bleiben, um nach Abschluss der Bergung sicher zu sein, dass auch der letzte Mann abgezogen war und er, sozusagen als Schlussmann, dem Tross ungesehen folgen konnte, um die Geiseln, wenn möglich, zu befreien.

...nach der Entdeckung des Schatzes der Helvetier

Bundespolizist Schneider schaute auf die Uhr. In der letzten Stunde war nichts Ausserordentliches geschehen, die Zeit lief brutal schnell. Er kaute gerade an einem Riegel, als einer der Männer sich seinem Versteck näherte.

Er entsicherte seine griffbereite Waffe und drückte sich tief in den Waldboden. Plötzlich blieb der Mann stehen, griff sich in den Schritt und erleichterte sich in unmittelbarer Nähe des Bundespolizisten. Danach grunzte er genüsslich und verschwand wieder in Richtung der anderen. Das könnte noch lustig werden, wenn alle paar Minuten weitere Männer hierherkamen … Er lachte in sich hinein.

Ein Lastwagen wurde nun umgeparkt und rückwärts schräg vor ihm an den Waldrand abgestellt.

«Grossartig» murmelte er, «diese Idioten!» Er handelte schnell, griff in seinen Rucksack, holte ein GPS-Positionsgerät mit Magnet hervor, robbte unter grösster Vorsicht zum ca. sechs Meter entfernten Lastwagen, aktivierte das Gerät und brachte es unter dem Lastwagen an. Er war schnell wieder zurück im sicheren, dunklen Wald, nicht ohne sich das Kennzeichen gemerkt zu haben. Er meldete diesen grossen Erfolg und das Kennzeichen an Bertrand Jacotet, mit der Bitte, den Helikopterpiloten ebenfalls zu orientieren und die Leitdaten in dessen Software einzugeben. Die Rückbestätigung kam wenige Zeit später mit zusätzlicher Information:

Die Leitstelle habe eine Drohne aufgeboten, die das Zielobjekt verfolgen und laufend Daten auf den Computerbildschirm des Helikopters übermitteln werde.

Peter Schneider war erleichtert. Eine Drohne konnte in einer gewissen Höhe fliegen und von Auge und Gehör praktisch nicht ausgemacht werden. Ideal für die Verfolgung des wertvollen Konvois. Glasklare Bilder konnten somit jederzeit übermittelt werden. Das war besonders wichtig, sollte die Truppe abseits der Hauptstrassen anhalten, in sichtgeschützte Objekte verschwinden oder den Schatz umladen.

Lauschangriffe oder auch Bilder mit der Wärmebildkamera des Flug-objektes liessen viele Möglichkeiten der Informationsbeschaffung zu. Dies ermöglichte eine genaue Lagebeurteilung und minimierte das Risiko des bevorstehenden Eingreifens der AAD 10.

Die Stunden vergingen, er blieb in seiner Stellung in nächster Nähe eines der Lastwagen und harrte den Dingen, die da kommen sollten.

Endlich, um 3 Uhr, bekam Peter Schneider die wichtige Information, dass der Helikopter, wie von ihm empfohlen, etwa fünf Kilometer süd-westlich vom Restaurant «Le Soliat» gelandet sei. Der Pilot bestätigte die Flugdauer bis zum gewünschten Zielort von circa acht Minuten, gerech-net mit dem Höhenunterschied und einem geräuscharmen Anflug. Zu-sätzlich würden maximal fünf Minuten für das Starten aller Systeme und der Turbinen benötigt werden. Ausserdem hatte er die Peilung und Da-tenübermittlung in seine Software integriert und getestet.

Vonseiten der Taskforce-Leitstelle war nun alles bereit – alle warteten auf ihren Einsatz.

Das Einladen der Kisten ging, wie der Bundespolizist feststellte, rasch voran und es wurde bereits der dritte Lastwagen beladen. Er stellte mit Genugtuung fest, dass seine Einschätzungen des Zeitfensters der Ab-fahrtszeit auf +/- eine Stunde zutreffen dürften und sendete erneut einen Rapport der letzten, vergangenen Stunde an Bertrand Jacotet, der diesen wenig später rückbestätigte.

Gegen 4 Uhr bekam er die Mitteilung, dass auch die AAD 10 mit acht Helikoptern innerhalb von 15 Minuten zum Abflug vom Flughafen Bern in Bereitschaft sei.

Ein zusätzlicher Teil der AAD 10 mit einer Reserveeinheit von 40 Per-sonen wurde ebenfalls schwer bewaffnet, mittels Bustransport in den Raum von Avenches beordert. Dort werde im Moment ein temporärer Service-Helikopter-Port TSH eingerichtet, wo auch zusätzlich Flugtreib-stoff aufgenommen werden konnte. Die Gesundheit-Einsatzzentrale des Kantons Bern habe ebenfalls eine Katastropheneinheit mit fahrbarem La-zarett, Ambulanzen sowie medizinischem Personal aufgeboten, die in weniger als drei Stunden einsatzbereit sein würde. Dies erfolgte unter in-terkantonaler Absprache, da mehrere Kantone im Einsatzgebiet invol-viert waren.

«Hervorragend», dachte Peter Schneider, «dass Avenches für den THL ausgewählt wurde, alles so circa in einem Radius von 30 Kilometern

Luftlinie.» Plötzlich hielt er inne und schnappte leise nach Luft. «Moment … du liebe Sch-. Ich Idiot, logisch … Diese Söldnertruppe will den Schatz über den Militärflughafen Payerne ausfliegen. Warum habe ich nicht schon früher an diese Möglichkeit gedacht? Ein oder zwei Transportflugzeuge und die ganze Truppe mit Schatz und allem Drumherum ist weg, ab durch die Lüfte.»

Ihm dröhnte sein Kopf, als er diese Hypothese schnellstens an Bertrand Jacotet rapportierte. Jetzt war er wieder hellwach und Adrenalin schoss durch seinen Körper.

Nach weniger als zwei Minuten summte sein Telefon wieder. Die Mitteilung war kurz, aber heftig.

Der Standort des THL sei nicht zufällig gewählt worden, Divisionär Ribotin habe diese Hypothese bereits in Betracht gezogen und angeordnet, die 1) PLÜ in operative Alarmbereitschaft zu versetzen, was bereits vor drei Stunden geschehen war.

Die strategische Lage des Militärflughafens Payerne in unmittelbarer Nähe hatte zu der Entscheidung geführt, auch diese Eventualität in die Überlegungen einzuschliessen.

Besonders an einem Sonntag, wo der ganzen Nation bekannt war, dass dort nur mit einem Minimum an Personal gearbeitet wurde.

Eine bekannte Boulevardzeitung hatte dies bei einer Berichterstattung über die Sonntagsarbeit in der Schweiz mit «Die Lachnummer der Nation» getitelt, mit dem Untertitel «Am Sonntag führt man keinen Krieg».

Peter Schneider fiel sofort ein Stein vom Herzen. Zum Glück hatten andere daran gedacht.

Er war immer noch angespannt, jedoch konzentriert und wach. Gelegentlich eine Nacht durchzuarbeiten war nicht weiter schlimm. Meist wurde die Anstrengung erst tagsüber spürbar und der Wunsch nach einem Nickerchen gross.

Nun war es deutlich nach 5 Uhr morgens. Der letzte Lastwagen wurde beladen und eine grosse Anzahl von Männern wurde abgezogen, die zu Fuss in Richtung der Ferme Robert liefen.

---

1)   Permanente Luftüberwachung der Schweizer Luftwaffe

Er änderte seinen Plan, bis zum Schluss zu bleiben, und machte sich ebenfalls auf den Weg, immer innerhalb des Waldes, verdeckt durch dichtes Unterholz, direkt hinter die Ferme Robert. Dort, auf der Terrassenseite, schlich er sich hinter dem kleinen Aussengebäude wiederum bis an die dunkle Ecke, von wo er einen Blick in das Restaurant werfen konnte.

Die drei Geiseln, die vor einigen Stunden nahe dem Terrassenfenster an Stühle gefesselt wurden, waren nicht mehr zu sehen. Inzwischen schienen sich alle Tische mit den Söldnern zu füllen, in Erwartung einer eventuellen Einweisung oder Ansprache.

Der Bundespolizist musste höllisch aufpassen, nicht entdeckt zu werden, während er abwartete. Keine fünf Minuten später sah er zu seiner Freude, wie Jasmine Suppenschüsseln und Brotlaibe auf den Tisch stellte. Es schien ihr gut zu gehen, ihr aufrechter Gang sprach Bände.

Während sich die Typen verpflegten, konnte er diese gute Nachricht an Bertrand Jacotet senden und eine gewisse Entwarnung geben, um ihn und seine Frau etwas zu beruhigen.

Peter Schneider hörte, wie er annahm, den letzten hochtourig fahrenden Lastwagen, der ebenfalls zurück auf den nahen Parkplatz kam. Auch die Nachzügler-Schicht der Söldner traf soeben im Innern der Ferme Robert ein.

Er entschied sich, jetzt seinen Standpunkt neben der Gaststätte aufzugeben, und lief unter grosser Vorsicht hinten um das Gebäude herum zurück zu seinem Beobachtungsposten am Parkplatz. Dort angekommen, schaute er auf seine Uhr. Es war genau 6 Uhr.

Wie er unschwer feststellte, waren alle Lastwagen randvoll beladen. Hinter ihnen hatten acht Personentransporter geparkt, alle Fahrzeuge Abfahrtsrichtung Noiraigue.

Hinter dem Wald war immer noch helles, gleissendes Licht zu sehen. Sie hatten sich nicht einmal die Mühe gemacht, die Stromerzeuger auszuschalten …

Schneider sandte noch schnell einen Rapport mit Fotos ab. Für ihn konnte es losgehen. «Alles wartet nur auf euch. Wann immer ihr wollt, ihr Idioten!», dachte er mit einem grimmigen Lächeln. «Ihr werdet in den kommenden Stunden noch euer blaues Wunder erleben. So leicht stiehlt man bei uns nicht einen Schatz von nationaler Bedeutung!»

Jetzt kamen immer mehr Männer aus der Gaststätte und bestiegen die Fahrzeuge.

Peter Schneider war ruhig, jedoch angespannt und erwartete jeden Moment, dass die ersten Fahrzeuge sich in Bewegung setzten. Ihr Sammelpunkt befand sich sicher im Tal, also bei Noiraigue, und die noch in der Ferme Robert verbleibenden Männer würden sicher in den nächsten zehn Minuten ebenfalls dort eintreffen.

Der erste Lastwagen fuhr nun weg. Mit dieser grossen Ladung konnte er den Berg nach Noiraigue auf keinen Fall schnell herunterfahren. Hinter ihm folgten der erste Personentransporter und gleich darauf der zweite Lastwagen.

Der neueste Rapport an Bertrand Jacotet war raus, inklusive Rückbestätigung. Jetzt telefonierte Peter Schneider mit seinem Piloten und bat ihn, in ca. fünf Minuten den Start vorzubereiten. Demnach konnte er innerhalb von acht Minuten hier auf dem beleuchteten Parkplatz landen.

Hier unten wurde es nun langsam hell. «Genau richtig, um noch nicht entdeckt zu werden», dachte er.

Einer der Personentransporter fuhr hoch zur Gaststätte. «Warum wohl?», fragte sich der Bundespolizist. Jetzt wurde er nervös und beobachtete das Fahrzeug genau mit seinem Fernglas. Er konnte nichts erkennen, da die Haupttüre durch den Transporter verdeckt war. Die Sicht dort im Schatten der Bäume war miserabel.

Inzwischen verschwanden alle Fahrzeuge des Konvois im Wald unterhalb des Parkplatzes, nur der letzte Personentransporter wurde noch mit Personen geladen.

Als sich das Fahrzeug schliesslich in Bewegung setzte, konnte er Personen erkennen, die neben dem Fahrer sassen. Zuerst sah er den Hund und danach Jasmine, die sich wehrte und im Gegenzug Schläge bekam.

Er erschrak heftig und sein Hals schnürte sich zu. Um den Transport abzusichern, schreckten die Söldner wohl auch vor einer Geiselnahme nicht zurück. »Diese Gangster haben keine Hemmungen, geschweige denn Respekt vor zivilen Personen, nicht einmal vor einer jungen Frau», dachte Schneider. Schnell fuhr der letzte Personentransporter in Richtung Tal.

Peter Schneider reagierte ruhig und professionell. Er beorderte zuerst den Helikopter. Anschliessend rief er Bertrand Jacotet persönlich an und teilte ihm die Hiobsbotschaft mit.

Er musste sich nun beeilen, denn die Sicht nach Tagesanbruch war gut. Schnell packte er alles in seinen Rucksack, schritt 50 Meter zur Mitte des Parkplatzes, schaltete seine Taschenlampe an und wartete auf den Helikopter, der in wenigen Minuten hier landen sollte.

Er schrieb nochmals einen kurzen Rapport, unterstrich seine Betroffenheit über die Geiselhaft von Jasmine und versprach Bertrand Jacotet, alles Menschenmögliche zu tun, um Schaden von ihr fernzuhalten.

Ausserdem bat er ihn, in ca. 30 Minuten eine Polizeistreife zur Ferme Robert zu senden und nach dem Rechten zu sehen. Eine Betreuung des Pächterehepaares mithilfe eines für Gewaltverbrechen geschulten Psychologen sollte eventuell in Betracht gezogen werden.

Die Drähte liefen heiss – alles war nun im Fluss und konzentrierte Arbeit war gefordert.

Der Helikopter näherte sich rasch und landete keine zehn Meter von Peter Schneider entfernt. Er lud sein Gepäck ein, stieg zu und schnallte sich an. Danach flog der Pilot im Steilflug in Richtung der hinteren Felswand und drehte in einem grossen Bogen wieder zurück zur Ferme Robert, um an viel Höhe zu gewinnen. In wenigen Minuten waren sie über dem Creux du Van und sahen unter sich das Restaurant Le Soliat. Sie bekamen von der Leitstelle die Mitteilung, dass die Peilung des mit dem GPS-Peilgerät ausgestatteten Lastwagens bereits von der Drohne erfasst worden war und der Konvoi soeben oberhalb von Noiraigue auf die Hauptstrasse Richtung Neuchâtel abbog. Dank des anderen Peilsenders der bei Jasmine angebracht war, konnte die Leitstelle auch ihre genaue Position feststellen. Schneider schnaufte aus und nickte für sich selbst. Gute Arbeit!

Das hiess für den Bundespolizisten, dass er für einige Minuten den Flug geniessen konnte, da die Drohnenpiloten alles im Griff hatten.

Nochmals schrieb er einen Gedanken an Bertrand Jacotet, der ihn schon den ganzen Tag beschäftigte. Dieser Yevgen, der wahrscheinlich Drahtzieher dieser ganzen kriminellen Aktion war und den alle Polizeieinheiten in der Schweiz bisher vergeblich suchten, war als Hauptakteur bis jetzt noch nicht in Erscheinung getreten. Oder doch? Das war die Frage. Der Zivilist, den er am Anfang auf dem Parkplatz bei der Ferme Robert gesehen hatte, war doch sicher eben dieser Yevgen, inmitten dieses Konvois.

Zur gleichen Zeit, über dem Tal des Kanton Neuchâtel

Eben dieser Yevgen agierte als Bindeglied zwischen dem Oligarchen und dem Kommandanten der Söldnertruppe, Bohdan.

Er erhielt vom Oligarchen per Satellitentelefon direkt Anordnungen und musste ihm laufend die neuesten Informationen und den Stand der Dinge mitteilen. Diese Informationen waren fast immer auch für die Ohren von Bohdan bestimmt … *fast* immer. Die gesamten Hintergrundinformationen und der finanzielle Wert dieses Schatzes wurden ihm nicht im Gesamten offengelegt. Der Oligarch war sich wahrscheinlich nur zu bewusst, welche Informationen und Details er dieser brandgefährlichen Person vorenthielt. Sicher ist sicher!

Nun bekam Yevgen grünes Licht, die Personentransporter und Lastwagen in Bewegung zu setzen. Unten im Tal sollten die Männer ihr Gepäck auf den wartenden Bus umladen und auf weitere Befehle warten.

Zwanzig Minuten später erreichten alle Fahrzeuge den Treffpunkt, wo die Männer sich beeilten, in den bereitstehenden Bus umzusteigen.

Yevgen beorderte die junge Frau und ihren Hund in den ersten Lastwagen. Sie sass eingeklemmt zwischen zwei Paramilitärs, als er das Abfahrtsignal gab. Die Fahrzeuge fuhren in kompakter Formation in Richtung der Kantonshauptstadt Neuchâtel, weitere Informationen zur genauen Fahrtrichtung würden zu gegebener Zeit folgen.

Die Fahrt zum Flughafen Payerne, via östliche Umfahrung des Neuenburger Sees von 56 Kilometern, war für ca. 70 Minuten veranschlagt, freie Fahrt vorausgesetzt.

Die Planung für die Ankunft des Sturmtrupps «Antonov», dessen Männer im anfliegenden Transportflugzeug transportiert wurden, gab vor, nach der Landung den Militärflughafen einzunehmen.

Genau zu dem Zeitpunkt, an dem die Transportmaschine Antonov 124 am Militärflughafen in Payerne eintreffen würde, sollte bei Bedarf die Reserveeinheit, der Sturmtrupp «Rugby», zur Eroberung und Sicherung des Einganges des Flughafens eingesetzt werden. Dieser Trupp bestand aus dem Bewachungstrupp der vorangegangenen Schatzbergung, der sich im Bus befand.

Die Vorbereitungen zur Behändigung der Söldnertruppe sowie des Schatzes der Helvetier sind in vollem Gange

Der Bundespolizist, unterwegs im Helikopter, erhielt interessante Neuigkeiten von der Taskforce-Leitstelle, die ihm mitteilte, dass ein grosses ukrainisches Transportflugzeug aus Österreich in Richtung des Schweizer Luftraumes unterwegs sei und Notsignale sende.

Die militärische Leitstelle alarmierte umgehend eine Patrouille des schweizerischen Überwachungs-Geschwaders, die ab zuständigem Einsatzort zwei F-18 Hornet entsandte, um die Sachlage zu klären.

Der Militärflughafen in Payerne wurde vorbeugend angewiesen, augenblicklich die Piste mit schweren Fahrzeugen zu blockieren.

Die AAD 10-Reserveeinheit, die temporär in Avenches stationiert worden war, war bereits auf dem Weg und dürfte in zehn Minuten eintreffen. Diese Verstärkung war unbedingt erforderlich, da an diesem Sonntagmorgen nur ein halbes Dutzend Mitarbeiter im Militärflughafen zur Verfügung standen.

Peter Schneider entschied sich, infolge der zugespitzten Lage, seinen persönlichen Einsatz Richtung Payerne zu verlegen. Die Leitstelle gab ihm die Erlaubnis, und der Pilot drehte augenblicklich ab und flog in direkter Linie über den Neuenburgersee nach Payerne. Der Helikopter wurde dabei kräftig geschüttelt, da ein Unwetter nicht weit war.

Jasmine, inzwischen mit einem Stück Klebeband über ihrem Mund versehen, befand sich im ersten Lastwagen, eingeklemmt zwischen zwei grinsenden, schweisstriefenden Soldaten und dem Fahrer, die ungehobelt billige Zigaretten rauchten, deren Rauch Jasmine bei den geschlossenen Fenstern die Tränen in die Augen trieben. Endlich hatte ihr Nachbar ein Einsehen und entfernte das Klebeband, nicht ohne sie zu bedrohen, sollte sie auch nur irgendeinen Laut von sich geben.

Die Strassen waren kaum befahren, Sonntagmorgen früh waren nur noch einige Heimkehrer aus den Discos der Region unterwegs.

Yevgen war zusammen mit dem Kommandanten im letzten Lastwagen mitgefahren, von wo er den hinter ihnen fahrenden Bus sowie die vor ihnen fahrenden drei Lastwagen gut im Blick hatte. Die Kommunikation mit je einem der Fahrer über interne Funkgeräte funktionierte einwandfrei und ohne Störung. Sobald sie in Reichweite des Flughafens Payerne kamen, würde die Kommunikation auch mit dem Trupp Antonov hergestellt werden können.

Das vor zwanzig Minuten inszenierte Ablenkungsmanöver von zwei im Voraus geschickten Mitgliedern der Söldnertruppe konnte 100 Meter im Innern des Südeinganges des Tunnels der Vue des Alpes erfolgreich inszeniert werden. Denn dieser Anschlag mit Rauchbomben hatte eine grosse Wirkung nicht verfehlt und konzentrierte sofort einige Polizeieinheiten an diesem neuralgischen Verkehrsknoten, an der Hauptverkehrsader zwischen Neuenburg und La Chaux-de-Fonds.

Die beiden «Strassenterroristen» waren bereits wieder mit ihrem Personenwagen unterwegs und sollten nachträglich zur Haupttruppe stossen.

An diesem Sonntagmorgen war im unteren Teil des Kantons Neuenburg kein einziges Polizeifahrzeug zu sehen, sodass der Söldnertrupp freie Fahrt hatte.

Sie unterquerten via Autobahntunnel und ohne Probleme oder Zeitverlust die Stadt Neuenburg bis zur Ausfahrt Richtung Bern, Murten.

Das Wetter hatte innerhalb der letzten 20 Minuten umgeschlagen, und der Himmel verdunkelte sich zusehends. Ein Gewitterausbruch stand kurz bevor. Jetzt verfärbte sich der Himmel gelblich, und wie auf Befehl öffnete er seine Schleusen und ein gigantischer, orkanartiger Starkregen mit Blitz und Donner von unheimlicher Intensität fegte über die Strasse. Rinnsale wurden zu Bächen, die sonst schon schmale Strasse wurde mit Ästen und leichtem Geröll überdeckt und die Lastwagenfahrer blickten ängstlich in die Gegend.

Auch die Leitstelle musste auf die unvorhergesehene, schnelle Wetterveränderung reagieren. Der Drohnenpilot, der am Flughafen Bern-Belp im Einsatz war, musste die Drohne drehen und dieselbe Route zurückfliegen. Gemäss Wetterradar konnte sie weiter westlich wieder umdrehen und Richtung Neuenburgersee fliegen. Gegenwärtig musste man auf Fluggeräte aller Art verzichten und improvisieren.

Eine zivile Polizeipatrouille der Kantonspolizei Neuenburg, die in Bereitschaft war, wurde eingesetzt und konnte die Verfolgung aufnehmen.

Da der Konvoi langsam unterwegs war, erfolgte die Sichtbestätigung des Zivilfahrzeuges rasch und in der Leitzentrale war ein grosses Aufatmen hörbar.

Der Konvoi fuhr jetzt über die Brücke von Thielle in den Kanton Bern ein und war immer noch planmässig in Richtung Militärflughafen Payerne unterwegs.

Yevgen bekam vom vordersten Lastwagen eine Mitteilung, dass der direkte Weg zum Flughafen nicht genommen werden konnte, da bei der Ausfahrt «Cudrefin» eine Beschilderung angebracht war, die eine Umleitung anzeigte. Die Regenfälle der letzten Stunden hatten anscheinend diese Strasse unpassierbar gemacht und deren Sperrung erfordert.

Yevgen war überrascht, hatte jedoch einen Plan B bereit, und der Konvoi nahm weiterhin die Hauptstrasse in Richtung Bern-Murten, um wenige Kilometer weiter, bei Sugiez, am nordwestlichen Teil des Murtensees entlang in Richtung Payerne zu fahren.

Er berichtete nun in kurzen Sätzen dem Oligarchen über die Umstände ihrer Umleitung. Dieser bestätigte, dass sich die Transportmaschine bereits im Sinkflug auf den Flughafen befand und dort in 20 Minuten eintreffen werde. Die Wetterlage vor Ort am Flughafen sei normal. «Komische Sache», meinte der Oligarch. Aber eine Verspätung von zehn Minuten des Konvois könne man noch einkalkulieren. «Beeilt euch!»

Inzwischen war das Unwetter zu einem ausgewachsenen Orkan geworden – Bäumchen, Büsche und Gegenstände aller Art flogen durch die Luft und Schutt und Gestein überzogen die Strasse. Sie fuhren praktisch nur noch im Schritttempo und die Scheibenwischer konnten kaum noch die Sicht nach draussen freihalten. Es schüttete, was das Zeug hielt und der Wind heulte laut.

Jasmine, die bis jetzt keine Anstalten gemacht hatte, negativ aufzufallen, räusperte sich und schüttelte energisch ihren Kopf, sodass der Pferdeschwanz wie wild hin und her flog und ihr Nachbar ihn ins Auge bekam. Dieser fletschte die Zähne und erinnerte sie stark an ihren Nachbarshund, einen Rottweiler.

«Darf ich eine Bemerkung machen?», fragte sie die Männer in Englisch. Der kleinste der Soldaten zischte sie mit bösem Blick an: «Aber machen Sie es kurz, sonst klebe ich Ihnen wieder Ihren Mund zu!»

Sie fuhr unbeirrt fort: «Wissen Sie, dass dieser Schatz mit einem über 2000-jährigen Fluch belegt ist und niemals, ich wiederhole *niemals*, von aussenstehenden Personen der Schweiz in Besitz genommen werden darf?» Der Kleinere übersetzte, und alle Männer lachten schallend und schlugen sich auf die Schenkel.

«Schauen Sie sich doch dieses Unwetter an, das ist wahrhaft ein Zeichen!» Auch der Orkan mischte sich nun ein und ein riesiger Blitz schlug genau vor ihnen in die Strasse ein. Der Knall war gewaltig und die Arme des Fahrers zitterten unkontrolliert. Jetzt war auch er sichtlich nervös und blickte kurz zu Jasmine.

Sie legte noch einen drauf, nahm behutsam mit ihren gefesselten Händen das 2-Franken-Stück aus ihrer Jackentasche hervor und schaute die Männer mit verklärtem Blick und grossen Augen an. Ihre Mundwinkel waren verkniffen, ihre Haut aschfahl. Mit lauter, sehr tiefer Stimme begann Jasmine, die auf der Rückseite geprägte «Helvetia» anzurufen und bat um sofortigen Beistand in dieser besonderen Notlage.

Daraufhin knallte es so stark, dass der grosse Lastwagen durchgeschüttelt wurde und die Männer erschrocken zu Jasmine schauten und keinen Ton mehr hervorbrachten. Sie lächelte nur vor sich hin, blickte jeden einzelnen von ihnen an und sagte, mit einem Gesichtsausdruck wie in Trance: «Es wird noch schlimmer kommen, halten Sie sich fest! Die Bestrafung für Ihr Handeln steht fest, es gibt kein Entrinnen mehr!

Helvetia wacht schon seit Jahrhunderten über den Schatz, und wir befinden uns im Augenblick gleich unterhalb des Mont Vully», sie zeigte bedeutungsvoll mit ihrer Hand nach rechts, «einer Gegend von grösster historischer Bedeutung.

Hier gleich oberhalb liegen die Überreste einer ehemaligen, mehr als 2000 Jahre alten, helvetischen Befestigung. Die Götter unserer Vorfahren werden nun ihre Kraft an Gewalt an Ihnen, den Schatzschändern auslassen! Nie werden Sie sich dieses Schatzes erfreuen können!» Sie schaute nun erneut aus dem Fenster, während eine Träne ihr die Wange herunterlief. Sie war tief bewegt.

Der Fahrer konnte nun kaum noch wenige Meter sehen, der Wind und der Regen tobten und sie kamen nur noch äusserst langsam voran. Im Moment fuhren sie durch das Dorf Praz und verliessen dieses westwärts.

Keine 300 Meter weiter musste der Konvoi stark verlangsamen, um im Schleichgang gewaltiges, vom Berg herunter angeschwemmtes Geröll zu durchfahren.

Und wiederum folgte ein Riesenknall von einem gewaltigen, langanhaltenden Blitz, der die Umgebung für wenige Momente in helles Licht tauchte. Die Männer schrien, Goldy bellte laut und ununterbrochen, nur

Jasmine lächelte leicht. Der kurze Augenblick des Lichtes hatte genügt, damit sie die grossen Mengen an Geröll mit Bäumen sehen konnten, die den Berg runter gedonnert kamen. In Sekunden wurden auch sie von der Seite her erfasst. Alle anderen Lastwagen und der Bus waren durch die langsame Fahrt komplett aufgerückt und hielten nur wenige Meter voneinander entfernt. All diese Fahrzeuge wurden von diesem Murgang unterspült –, mehr noch, der gewaltige Erdrutsch erfasste sie mit rasantem Tempo, riesigem Getöse und grosser Wucht. Er drückte alles mit gewaltiger Kraft von der Strasse weg.

Die Männer schrien, als der Lastwagen wie ein Spielzeug leicht angehoben wurde. Nur Jasmine blieb seltsam ruhig. Sie war wieder in einer Art Trance und bekam gar nicht mehr mit, was um sie herum geschah.

Die grosse Mauer gleich seewärts an der Strasse verhinderte, dass der Lastwagen auf die Seite kippte.

Ganze Rebstöcke wurden seitwärts über die Motorhaube geschoben. Inzwischen war es stockdunkel. Einer der Männer neben Jasmine schaltete eine Taschenlampe an, um die bedrohliche Lage zu erfassen.

Panik herrschte bei den Männern – ein Aussteigen war nicht mehr möglich, zu hoch war bereits das Geröll, das an die rechte Türe drückte. Zur linken Seite war der Ausstieg durch die Mauer blockiert.

Plötzlich wurde es unerwartet völlig still. Man hörte nur den Atem der Männer, als der Orkan wie auch der Starkregen ihr Getöse einstellten. Gleichzeitig brach die Sonne durch und enthüllte das Desaster, welches durch das Unwetter angerichtet worden war.

Jasmine rümpfte die Nase. Ein penetranter Schweissgeruch lag in der Luft, die Angst war den Männern ins Gesicht geschrieben und einer betete in sich gekehrt den Rosenkranz.

Sie hielt die gefesselten Hände ihrem Sitznachbarn hin und schaute ihm tief in die Augen. Seine Hände zitterten, als er ihre Fesseln löste.

Irgendwie schaffte es Jasmine, sich dank ihrer Wendigkeit und ihres schmalen Körperbaus durch das sich nur beschränkt öffnende Fenster der rechten Türe zu winden und mit grösster Anstrengung nach hinten auf die unberührte Ladebrücke zu gelangen. Eine Stimme rief ihr aus dem Innern des Lastwagens zu, den Hund mitzunehmen. Schon sah sie den Kopf von Goldy und konnte die Hündin zu sich ziehen.

Die Männer im Innern des Lastwagens hätten die Windschutzscheibe oder das Seitenfenster nur unter grösster Gefahr einschlagen können, da sie sich dabei lebendig begraben hätten. Somit blieben diese Schränke von Männern mucksmäuschenstill im Lastwagen zurück und hofften, dass irgendjemand sie aus dieser misslichen Lage befreien würde.

Von der Ladebrücke aus sah Jasmine die anderen drei Lastwagen, die ebenfalls an der Mauer blockiert und festgedrückt waren. Alles war so unwirklich, als handelte es sich um Spielzeuge.

Vom Bus schaute nur noch ein Rad hervor, und Geröll und vor allem Wasser liefen in grossen Mengen direkt in eine Öffnung. Es musste sich um ein eingedrücktes Fenster handeln. Hier kam jede Hilfe zu spät – alle dortigen Insassen schienen bei lebendigem Leib begraben, erschlagen und von Geröll, Schlamm und ständig einfliessendem Wasser ertränkt oder erstickt worden zu sein.

Jasmine erschauerte. Es tat ihr leid um all diese toten und verletzten Menschen. Die Götter der Helvetier hatten sich für die unerlaubte Entnahme des Schatzes furchtbar gerächt.

Sie war noch ganz in Gedanken vertieft und erschrak, als ein Helikopter wie aus dem Nichts mit grossem Getöse über ihren Kopf flog und noch in der Luft, knapp über dem Boden, wie magisch fast regungslos schwebte. Sie erkannte jetzt den Piloten, der ihr Zeichen machte, die sie aber nicht zu deuten vermochte, was sie ihm mit ihrer Gestik zu verstehen gab.

Der Helikopter flog noch näher an sie heran, die seitliche Türe ging auf und ein Assistent im Overall versuchte nun seinerseits, eine Art Kommunikation mit ihr herzustellen. Jetzt erst erkannte sie das Gesicht unter dem Helm: Es war der Bundespolizist Peter Schneider, der ihr mit Zeichen zu verstehen gab, dass sie warten solle. Der Helikopter schwebte inzwischen seitwärts oberhalb von ihr und ein Helfer wurde mittels einer Seilwinde zu ihr hinuntergelassen. Kaum war er auf dem Dach des Lastwagens angekommen, schnallte er sie und den Hund fest. Sie wurden beide wiederum zum Helikopter hinaufgezogen. Kaum im Innern, wurde sie in einen Sitz gedrückt, mit einem Helm ausgestattet und festgeschnallt. Wenig später flog die Maschine aus der Gefahrenzone, in Richtung des nahegelegenen Militärflugplatzes Payerne.

Unterwegs konnte sie sich mittels interner Kommunikationsverbindung mit Peter Schneider unterhalten, der sich mit besorgtem Blick nach ihrem persönlichen Zustand erkundigte. Sie war nicht in der Lage, eine

Antwort zu geben und antwortete nur «später». Danach hatte der Pilot ihren Vater zugeschaltet, der dieselbe Antwort bekam.

Sie spürte die Nähe von Peter Schneider, und sein Lächeln beruhigte sie, sodass sie ein warmes Gefühl der Geborgenheit überkam.

Unterwegs sah sie weitere Helikopter, die sich im Schwarm der Unfallstelle näherten, dieses Mal jedoch mit bewaffneten Spezialkräften.

Er erklärte ihr, dass die «Antonov 24», das Transportflugzeug, welches für den gestohlenen Schatz vorgesehen gewesen war, eigentlich in Payerne hätte landen sollen. Dies war durch den Einsatz der schweizerischen Luftwaffe verhindert worden. Das Flugzeug war zur Umkehr gezwungen worden und hatte umgehend den schweizerischen Luftraum verlassen. Die österreichische Luftwaffe hatte sich diesem Riesentransporter angenommen und würde ihn zwingen, auf einem geeigneten Flugplatz des Heeres zu landen.

Er versicherte ihr auch, dass genau in diesem Moment die Spezialkräfte die Kontrolle über den ganzen Konvoi an der Unfallstelle in Praz übernahmen, um diese Söldnertruppe dingfest zu machen. Polizeieinheiten, Feuerwehren sowie Ambulanzen aus den umliegenden Kantonen seien zur Unfallstelle unterwegs, um Hilfe zu leisten.

Des Weiteren wurde in der Nähe des Militärflughafens ein provisorisches, mobiles Hauptquartier eingerichtet, um den Einsatz zu koordinieren und zu überwachen. Von dort aus wurden auch Schritte eingeleitet, um alle Hintermänner und Verantwortlichen dingfest zu machen.

Überlebende sowie Verletzte dieser Söldnertruppe würden in Kürze an einen unbekannten militärischen Stützpunkt ausgeflogen, um dort verarztet und verhört zu werden. Dolmetscher wurden auch bereits aufgeboten.

Gerade als Jasmine dem Bundespolizisten Schneider ins Wort fallen wollte, um in die Richtung des wertvollen Schatzes zu verweisen, wurde sie abrupt unterbrochen und bekam von ihm einen warnenden Blick zugeworfen, den sie sofort richtig interpretierte. Sie wechselte augenblicklich das Thema, noch im angefangenen Satz. Keiner der Anwesenden hatte etwas bemerkt und somit blieb ihr nichts anderes übrig, als mit der brennenden Frage bis zur Landung zu warten.

In wenigen Minuten hatten sie ihr Ziel erreicht und konnten wieder festen Boden betreten. Kaum aus dem Helikopter gestiegen, fasste Jasmine den Bundespolizisten Schneider am Arm und zog ihn zur Seite.

Dort nahm sie seinen Kopf in ihre Hände und küsste ihn innig, bevor sie ihm mit zitternder Stimme für die Befreiung dankte. Anschliessend zwinkerte sie ihm zu, lächelte ihn an und sagte schelmisch: «Warum gibst du mir nicht ein Update?»

Die unerwartete emotionale Reaktion, hervorgerufen durch diesen Kuss, brachte den Bundespolizisten aus seiner Fassung, er benötigte einen kleinen Moment, hielt ihr beide Hände und schaute ihr tief in die Augen. Dann liess er sie wieder los und mit leiser Stimme klärte er sie in wenigen Sätzen über die sogenannte Informationssperre auf. Jetzt wurde Jasmine klar, dass die ganze Angelegenheit unter dem Deckmantel «Geheimstufe rot» weiterlief und niemand anders bis jetzt in die tatsächliche Sachlage eines gestohlenen Schatzes eingeweiht war. Der jetzige Einsatz der Spezialeinheit lief unter dem Codenamen «Mercenary Squad» und war mit dem Auftrag versehen, eine «Söldnertruppe mit terroristischem Hintergrund» mit grösster Gewaltbereitschaft und schwerer Bewaffnung festzusetzen oder notfalls zu vernichten.

Alle militärischen Einheiten wurden orientiert, keine der auf den Lastwagen mitgeführten Kisten zu öffnen oder zu beschädigen. Es werden, gemäss dem schweizerischen Nachrichtendienst, uranhaltige und sogar eventuelle chemische Substanzen darin vermutet – das schlimmste Szenario einer hemmungslosen und gewaltbereiten Söldnereinheit. Eine ABC-Spezialeinheit wurde zur Aufspürung von eventuellen radioaktiven Strahlen ebenfalls aufgeboten, um potenziell beschädigte Behälter innerhalb der Kisten aufzuspüren und zu sichern.

So war für Ablenkung gesorgt und für den Moment war Gold, in welcher Art auch immer, kein Thema für die Spezialkräfte der Schweizer Armee.

Bundespolizist Schneider erklärte Jasmine auch die Pläne der mobilen Leitstelle der Taskforce, die sich im Flughafen bereithielt. Einige wenige leitende Offiziere, die in alles eingeweiht waren, warteten dort, um die festgenommenen Ukrainer zu vernehmen.

Fotos von gefälschten Fundgegenständen und ebenso falsche Zertifikate, welche durch die fedpol innerhalb weniger Stunden angefertigt worden waren, lagen bereit, um dieser Truppe die «Gold- und Schatzgeschichte» darzulegen.

Diese Falsch-Beweislage sollte allen Beteiligten die Sachlage so nachvollziehbar darlegen, dass niemand mehr der Echtheit des Schatzes der

Helvetier Glauben schenken konnte und die gesamte Geschichte schnellstens in Vergessenheit geriet.

Im jetzigen Moment war es eine politische Entscheidung, den echten Goldschatz dem Interesse der Öffentlichkeit vorerst zu entziehen, um so Ruhe in die ganze Sache bringen zu können.

Somit war die nationale Sicherheit in allen Belangen gewährleistet und wissenschaftliche Untersuchungen konnten in aller Ruhe und im Schutze eines riesigen, bewachten Armeebunkers in Angriff genommen werden.

Der Gesamtbundesrat hatte bestimmt, dass dieser helvetische Schatz in wenigen Jahren unter Leitung von Archäologen und anderen Wissenschaftlern der Öffentlichkeit präsentiert werden sollte. In der Zwischenzeit jedoch dürften weder Spekulationen noch jegliche andere Informationen durch die Medien verbreitet werden. Dem musste mit allen Mitteln vorgebeugt werden.

Ausserdem sollte ein geheimes, umfassendes und den Umständen entsprechendes Budget bereitgestellt werden, um die Finanzierung dieser gewaltigen Aufgabe zu gewährleisten.

Wenige Stunden später, nach dem Eintreffen auf dem Flughafen Payerne, fuhren Jasmine und Peter Schneider zusammen zurück nach Montezillon, wo sie bereits bei der Familie Jacotet erwartet wurden.

Nach dem Essen fuhr der Bundespolizist in sein Hotel. Wie mit Jasmine abgemacht, wollten sie beide zusammen den Montag gemeinsam verbringen und eine Wanderung durch die Weinberge nach Auvernier am Neuenburgersee unternehmen. Diesen, mehr als verdienten freien Tag geniessen, entspannen und dem Geist freien Lauf lassen.

WENIGE WOCHEN SPÄTER

Nach einigen Tagen Ferien, die Jasmine bei einer Freundin aus Studienzeiten beim Wandern im Tessin verbracht hatte, fühlte sie sich wieder frisch und voller Tatendrang und war bereit, sich ihrer wissenschaftlichen Arbeit zu widmen.

Bei einer kleinen Abschiedsparty, die für sie gegeben wurde, lernte sie einige neue, hochinteressante Leute kennen, die ausserhalb ihres «Biotops» der Archäologie, namentlich aus Kunst, Film und Berufsarmee der Schweiz, stammten. Besonders mit der Berufspilotin der schweizerischen Luftwaffe unterhielt sie sich lange.

Während ihres Aufenthaltes im Tessin hatte sie auch das eine oder andere telefonische Gespräch mit Peter Schneider geführt, der sie immer wieder updatete, jedoch nicht vergass, sich mit lieben und aufmerksamen Worten auch über ihre privaten Erlebnisse zu erkundigen. Er konnte so herzlich lachen und sie freute sich jedes Mal über seinen Anruf. Da ihn seine Arbeit sehr beschäftigte, konnte sie ihn nicht direkt anrufen, jedoch mittels SMS in Kontakt bleiben. Sie war sich jetzt ihrer Gefühle klar und wollte dies bei ihrer nächsten persönlichen Zusammenkunft mit ihm ansprechen und einiges klarstellen.

Gestern hatte sie ein langes und klärendes Videocall mit ihrem Freund, der immer noch in Australien weilte. Sie klärte ihn über ihre aktuelle sentimentale Situation auf, die auch für sie überraschend und plötzlich eintraf. Auch appellierte sie an ihn und bat um sein Verständnis. Sie erklärte ihm ihren Wunsch für ein weiterführendes und normales freundschaftliches Verhältnis. Ihr Freund reagierte mehr als positiv und wünschte ihr Glück für diese neue Beziehung und bedauerte natürlich ihre Entscheidung, verstand aber vollumfänglich diese neue Situation.

Schnell waren die wenigen Tage im Tessin vorbei und sie musste, trotz einiger Wehmut, zurück in den Norden. Jetzt im Schnellzug in Richtung

Gotthard unterwegs, sah sie herrliche Landschaften an ihrem Fenster vorbeiflitzen. Sie genoss diese Fahrt und lächelte glücklich vor sich hin.

Als sie sich wieder umdrehte, um sich ihrer Zeitschrift zu widmen, tippte jemand auf ihre Schulter und grinste sie an.

«Willst du auch einen Kaffee, ich hole dir einen?», fragte eine junge Frau in Französisch. Es war niemand anders als die Pilotin der schweizerischen Luftwaffe, Fabienne Challende, die sie gestern Abend kennengelernt hatte. Sie wohnte irgendwo in der Nähe des Murtensees.

«Gerne», erwiderte Jasmine, «was für eine angenehme Überraschung, dich hier zu sehen», und freute sich auf einen Kaffee und vor allem auf ihre neue Bekannte. Minuten später war sie mit zwei dampfenden Cappuccini zurück und Jasmine machte eine einladende Geste, sich zu ihr zu setzen.

Fabienne holte noch schnell ihren Koffer und schon waren sie in ein Gespräch vertieft.

Nach einiger Zeit fragte Jasmine Fabienne nach ihrer Ausbildung. Sie bekam detaillierte Informationen über die Ausbildung zur Pilotin und später zur Jet-Pilotin und ihre Tätigkeit im Überwachungsgeschwader der Luftwaffe. Jasmine erwischte sich dabei, wie sie mit offenem Mund zuhörte und staunte, mit welcher Leichtigkeit und Selbstverständlichkeit diese junge Frau sich im Umfeld einer Männerbastion bewegte. Eine Frau als Kampfpilotin, Wahnsinn!

Plötzlich erinnerte sie sich wieder an die Goldschatzgeschichte und die Abfangjäger, die das Transportflugzeug zum Umkehren gezwungen hatten. Sie erzählte ihre Geschichte in schnellen, einfachen und bedachten Zügen, ohne zu viele Details zu nennen – nur das Nötigste.

Fabienne fing an, herzlich zu lachen, gab ihr einen Klaps auf den Arm und sagte mit geradem, ehrlichem Blick: «Ich war einer der zwei Piloten! Mehr darf ich nicht sagen. Ich fühle auch bei dir eine grosse Vorsicht in dieser Sache.»

«Genau, Fabienne, sprechen wir über etwas anderes! Über die Liebe vielleicht?» Dieses Mal lachte Jasmine entwaffnend und herzlich und gab ihr den Klaps zurück.

Sie sprachen noch lange über den Tessin, diese wunderschöne Gegend und seine herrliche Natur und den fabelhaften Risotto mit Steinpilzen. Danach tauschten sie Telefonnummern aus und verabredeten sich provisorisch, um zusammen mit ihren zwei Männern essen zu gehen.

Am Tag nach Jasmines Rückkehr aus dem Tessin

Kaum war Jasmine am Montag zurück im Büro, läutete bereits das Telefon und Professor de Montmollin bat sie zu sich.

Beim Eintreten und der Begrüssung fiel ihr sofort auf, dass der Professor ihr irgendwie gerührt und gleichzeitig stolz entgegenblickte.

«Wir zwei sind eingeladen, Jasmine», sagte er feierlich. «Wir fahren in einen Armeebunker irgendwo im Berner Oberland, wo ein Empfang zu Ehren unserer Entdeckung des helvetischen Goldschatzes stattfinden soll.

Mehr Informationen wollte man mir nicht geben. Ist das so auch für Sie in Ordnung?«

Jasmine nickte erfreut.

Die Arbeitswoche war schnell vorbei. Auch Bertrand Jacotet war zu dem Empfang eingeladen worden. Da er als operativer Leitungsoffizier massgeblich am Erfolg der Abwehr des Diebstahls des Schatzes beteiligt gewesen war, gebührte ihm ebenfalls die Ehre. dabei zu sein.

Er würde Jasmine und Professor de Montmollin am Freitag gegen Mittag am archäologischen Institut in Neuenburg abholen und anschliessend gegen Abend wieder nach Hause bringen.

Tag des Empfangs im Berner Oberland

Kurz nach ihrem Eintreffen in einem Armeebunker irgendwo im Berner Oberland wurden sie am Parkplatz in Empfang genommen und mit anderen Personen mit einem Elektrowagen tief in den Berg geführt. Schon beim Einsteigen wurden viele Hände von bekannten Personen dieses bereits einige Wochen zurückliegenden Ereignisses, herzlich geschüttelt.

Nach einigen Minuten Fahrt erreichten sie einen im Berg liegenden grossen Kehrplatz und setzten den Weg zu Fuss fort.

Sie mussten ihre Smartphones, Tablets wie auch eventuelle Kameras abgeben, sich ausweisen und wurden einzeln fotografiert.

Dann durchquerten sie eine riesige Halle voller Kisten, in helles Licht getauchter, grosser Arbeitstische und Vorrichtungen an den Decken, die zum Transportieren von schwerem Material vorgesehen waren.

Überall waren Überwachungskameras installiert – «Fort Knox» in den Schweizer Alpen!

Jasmine blieb keine Zeit, sich umzusehen. Man bat sie, ihren Vater und den Professor sofort in einen grossen Nebenraum, der als Sitzungssaal der Extraklasse eingerichtet war. «Wie unwirklich, so tief im Berg», dachte Jasmine.

Kaum eingetreten, wurden wieder Hände von Personen geschüttelt, von denen Jasmine viele ebenfalls erkannte.

Auch eine Frau in Militäruniform begrüsste sie strahlend und küsste sie auf die Wange. Jetzt erst erkannte Jasmine die Pilotin der schweizerischen Luftwaffe, Fabienne Challende. «Die Welt ist klein», sagte Fabienne in weichem Deutsch mit viel Charme und einem unmilitärisch, warmen Lächeln.

Jasmine fühlte sich einmal mehr völlig überfahren. Bundesrat Spühlmann, Frau Pfannenmatter, Divisionär Ribotin, Heinz Baltiger und der Neuenburger Ständerat Jules Matthey wie auch, «last but not least», Bundespolizist Peter Schneider waren zugegen und begrüssten sie herzlich und sehr kollegial.

Peter Schneider, von dessen Präsenz Jasmine im Voraus gewusst hatte, reichte ihr förmlich die Hand, lächelte sie jedoch freudig an.

Er konnte keinen Laut hervorbringen, krächzte etwas Unverständliches und schüttelte den Kopf. Sie war ohnehin gerade abgelenkt, da einmal mehr ihr Bauch revoltierte und sich Schmetterlinge tausendfach bemerkbar machten. Sie lief rot an und grosse Flecken überzogen ihren langen, eleganten Hals.

Peter Schneider zog sie mit sich und stellte sie, nachdem er wieder die Kontrolle über sich erlangt hatte, einigen ihr unbekannten Behördenvertretern sowie Mitgliedern des involvierten Militärstabes vor.

Nachdem sie einige Worte mit diesen Personen gewechselt hatte, kam ihr Puls wieder nahe an den Normalbereich.

Bundesrat Spühlmann machte sich nun bemerkbar und schritt an ein kleines Rednerpult, wo er sich räusperte und zu sprechen begann:

«Ich eröffne offiziell diesen Anlass, indem ich Sie alle herzlich willkommen heisse.

Wir treffen uns heute hier, tief im Berg, um Sie alle zu feiern, sie, die, im Hintergrund, an Nebenschauplätzen oder an der Front mithalfen, diesen wohl einzigartigen Schatz der Helvetier in Sicherheit zu bringen und somit den wissenschaftlichen Untersuchungen zugeleitet haben.

Der Gesamtbundesrat, auch im Namen der Schweizerischen Bevölkerung, dankt Ihnen allen für Ihre erfolgreiche Mithilfe und Ihren ausserordentlichen Einsatz. Ich verspreche Ihnen, bei der, in einigen wenigen Jahren offiziellen Freigabe dieses Schatzes und Bereitstellung in ein Museum sie nochmals bitten zu dürfen, einer erneuten Einladung Folge zu leisten. Dort werden Sie für ihre ausserordentlichen Verdienste gebührend und ehrenvoll gefeiert werden, zusammen mit allen möglichen Medien und dem Rummel dieses, noch entfernten, speziellen Tages.» Er lachte herzlich, klatschte Beifall und blickte freundlich in die ganze Runde.

Ich erteile nun das Wort an Divisionär Ribotin, Stabschef der operativen Leitung des Krisenmanagements rund um die Ereignisse der Intervention durch eine ausländische Söldnereinheit zur kriminellen Beschaffung des helvetischen Schatzes.

Zusammenfassung Krisenmanagement durch Divisionär Ribotin

Der Divisionär kam gleich zur Sache und orientierte die Anwesenden vorerst, was vorausgehend dieser kriminellen Behändigung des Schatzes geschehen war.

Dank der Ermittlungsarbeit der fedpol, unter der Leitung des Bundespolizisten Peter Schneider, wurde Schlimmeres verhindert und bei verdeckter Beschaffung von Informationen Licht in diese anbahnende Aktion von kriminellen Personen gebracht.

Tag für Tag wurden die kriminellen Handlungen und Absichten einer unbekannten Täterschaft immer klarer und wir mussten verschiedene Szenarien in Betracht ziehen.

Nur zwei Tage vor unserem vorgesehenen Einsatz zum Transport des Schatzes alarmierte uns Bundespolizist Schneider via den militärisch operativen Leitungsoffizier vor Ort, Bertrand Jacotet, Vater von Jasmine Jacotet, über das Eintreffen einer bewaffneten Söldnertruppe im Creux du Van.

Sofort wurde durch uns an diesem Samstagabend Grossalarm ausgelöst und allen Einheiten die höchste Stufe der Bereitschaft befohlen.

Infolge der Geiselnahme von Jasmine Jacotet, die risikoreich als «Bewacherin» in der Nähe campierte, konnten wir nicht direkt intervenieren und somit die Wegschaffung des Schatzes nur observieren und unsere Einsatzkräfte mobil bereithalten und verschieben.

Das grosse lokale Unwetter, welches die ganze Umgebung von La Praz verwüstete, erschwerte unsere Überwachung wie auch Verfolgung des Lastwagentrecks, der sich auf der nördlichen Seite des Murtensees in Richtung Militärflughafen Payerne bewegte.

Dramatische Ereignisse überstürzten sich und zwangen uns zu schnellen Anpassungen von Kampf- auf Rettungseinsatz.

Durch eine Fügung uns unbekannter Art geriet, genau im Moment der Durchfahrt des Trecks, kurz nach dem Ort Praz der ganze Berghang ins Rutschen und weitete sich zu einer veritablen Katastrophe aus.

Die vier, eng hintereinanderfahrenden Lastwagen gerieten in diesen Erdrutsch und wurden teilweise überschüttet.

Der eng folgende Bus wurde hingegen komplett mit Geröll und Erdschlamm zugedeckt, 34 Söldner konnten nur noch leblos geborgen werden. Zwei der im Bus befindlichen Personen überlebten dieses grosse Unglück verletzt und wurden in ein Spital geflogen. In den vier Lastwagen sassen 13 Personen, die verletzt oder unversehrt – jedoch stundenlang eingeklemmt – gerettet wurden. In einem nachfolgenden Auto kamen zusätzlich noch zwei Söldner an den Schauplatz des Geschehens und stellten sich freiwillig.

Insgesamt wurden den Polizeibehörden 15 Söldner inklusive einer in der Schweiz eingebürgerten und der Polizei bekannten Person, zugeführt.

Durch die Vernehmungen und Nachforschungen wurde auch ein Geschäftsmann in Genf, der sogenannte «Oligarch», polizeilich vernommen und gegenüber seiner Person, Strafanzeige erstattet. Er befindet sich wegen Verschleierungsgefahr noch in U-Haft.

Die Ermittlungsverfahren sind noch vollumfänglich im Gange und laufend kommen neue Ergebnisse und Informationen, denen nachgegangen wird.

Der ganze Schatz, ich präzisiere, alle Kisten waren unversehrt und konnten in Sicherheit gebracht werden. Auch hier, unglaublicher Zufall?

Von Anfang an haben wir allen Beteiligten – alle hier im Saal Anwesenden gehören zu den Geheimnisträgern – mit falschen Informationen versorgt und den Fund des Schatzes als Pseudoschatz mit Falsifikaten, dazugehörigen Zertifikaten und mehr belegt, die somit in Diversion vom historischen Schatz ablenken sollten. Dies ist uns, unserer Einschätzung gemäss, gut gelungen. Die nahe Zukunft wird es zeigen!

Oberhalb dieses immensen Erdrutsches liegt die geschichtlich relevante Festungssiedlung der alten Helvetier, unserer Vorfahren.

Welch ein Zufall, oder... doch eine Fügung? Nur die helvetischen Götter wissen dies, nicht wahr, Frau Jacotet?« Er sah Jasmine direkt an und zwinkerte ihr zu und fuhr fort:

«Die Geisel Jasmine Jacotet und deren Hund wurden von der Ladefläche eines Lastwagens per Helikopter nur wenige Minuten nach dem Ereignis in Sicherheit geflogen.

Die Festnahme der Söldnertruppe verlief reibungslos und ohne Gewaltanwendung von beiden Seiten. Diese Leute wirkten bei unserer Ankunft verstört und geschockt, als wären sie dem Teufel persönlich begegnet.

Die schwere Bewaffnung und Kriegserfahrenheit dieser Söldner hätte ein böses Ende für alle Beteiligten nehmen können. Wir sind dankbar, dass wir ohne Kampfhandlungen diesen Einsatz beenden konnten.

Nun zur Einvernahme dieser bandenmässig organisierten, illegal in die Schweiz eingereisten Truppe und deren Hintermänner in Genf und Biel.

Kurz nach dem Erdrutsch am nördlichen Ufer des Murtensees bei Praz wurde der ukrainische Botschafter einbestellt, um ihn über die Gesamtsituation zu orientieren und ihn einzubinden.

Nur so viel: Die wenigen überlebenden Ukrainer sind sehr gesprächig und masslos enttäuscht über den nicht existierenden Goldschatz. Der Schock über die beim Erdrutsch umgekommenen 34 Kameraden saß tief und das Bewusstsein, selbst im juristischen Morast zu stecken, half den Untersuchungsbehörden enorm, an alle Details der Vorbereitung sowie der ganzen vorgängigen Logistik zu sämtlichen Erkenntnissen und deren Hintermännern zu kommen.

Vor allem aber erstaunte die diplomatische Einwirkung der Regierung der Ukraine, die um die Überführung dieser straffällig gewordenen Söldnertruppe bat, um diese vor Militärgericht in ihrem Land zu stellen. Die Schädigung des Ansehens der Ukraine sei enorm und die Mitwirkung von Soldaten in Uniform ein waschechter Skandal und benötige, auch wegen eventueller Anstiftung seitens des russischen Militärs, genaue Abklärungen!

Ein offizielles Auslieferungsgesuch sei in Vorbereitung und sollte nächstens den schweizerischen Behörden zugestellt werden.

Aus schweizerischer Sicht erfolgten multiple diverse Straftaten durch diese Söldnertruppe, jedoch war man sich auch bewusst, dass eine Strafverfolgung mit anschliessender Verurteilung riesige Kosten verursachen und die Gerichte sich sehr wahrscheinlich zu viele Fragen stellen würden. Dies war von Seiten der Schweizer Regierung nicht erwünscht und man hoffte, mithilfe der Bundesanwaltschaft, eigentlich ganz offiziell, eine Lösung zur Ausschaffung dieser straffällig gewordenen Personen bieten zu können. Insbesondere möchte ich noch hervorheben, dass hier in der Schweiz keine Personen zu Schaden gekommen sind. Für den Moment haben Sie somit alle relevanten Informationen erhalten und ich gebe das Wort Herrn Professor de Montmollin vom archäologischen Institut in Neuenburg.»

Abschlussrede von Professor de Montmollin

Nach einer kurzen, formalen und persönlichen Begrüssung aller Anwesenden, die Professor de Montmollin mit einer feierlichen Miene vortrug, wurde seine Stimme leiser und er richtete sich mit eindringlichen Worten an die versammelten wenigen Personen aus Politik, Militär, Polizei und Wissenschaft: «Wir beginnen diese Feier auch im Bewusstsein, dass einige, mit viel krimineller Energie ausgestattete Personen durch zerstörerische Kräfte der Natur ums Leben kamen und andere sich verletzten. Diesen Personen gedenken wir, aus Respekt gegenüber ihren Angehörigen, mit einer Schweigeminute.» Der Professor senkte sein Haupt und alle anderen Anwesenden taten es ihm gleich.

Schliesslich hob er wieder seinen Kopf, räusperte sich und fuhr fort:

«Wir Wissenschaftler der Archäologie aus der gesamten Schweiz und besonders die kantonalen Autoritäten des Kantons Neuenburg sind äusserst dankbar für diesen beispiellosen Einsatz der Politik, der Armee und Bundespolizei sowie der betreffenden kantonalen Polizeikräfte, um die Sicherung dieses kulturell so wertvollen Schatzes zu gewährleisten.

Wir sind es der Nachwelt, das heisst unseren Nachkommen schuldig, Strukturen zu schaffen, um der helvetischen Kultur unserer Vorfahren nachhaltig die nötige geschichtliche Bedeutung zu geben. Deren Schätze

sowie auch deren verschiedenen noch vorhandenen Kultstätten, Flieh-
burgen und kleinere Siedlungen müssen mit Nachdruck freigelegt und
wissenschaftlich untersucht werden.

Wo immer sich noch Spuren dieses helvetischen Volkes auf heutigem
schweizerischem Territorium befinden oder befinden mögen, müssen wir
in der Lage sein, diese umfassend und detailliert unter nationalen Schutz
zu stellen.

Da der Besitz des gesamten Schatzes der Eidgenossenschaft zufällt,
muss sie die enormen, zukünftigen finanziellen Ausgaben für diese
Mammutaufgabe bereitstellen.

Das Museum Laténium in Hauterive, am Neuenburgersee gelegen,
und sein archäologischer Park, keine drei Kilometer entfernt vom Zentrum in Neuenburg, bieten, nach einem zusätzlichen Ausbau, den würdi-
gen Rahmen für die permanente Ausstellung des Schatzes der Helvetier.
Dies ist meine persönliche Einschätzung und bedarf selbstverständlich
einer Diskussion aller Beteiligten.

Abschliessend möchte ich noch bemerken, wie stolz ich auf all die heutigen Anwesenden bin, die mit Intelligenz und Kraft mitgeholfen haben,
diesen Schatz zu verteidigen und seinen Transport in diesen Bunker er-
möglichten.

Vielen Dank an alle!»

Er hob sein Glas und wünschte allen Anwesenden gute Gesundheit.
Bundesrat Spühlmann trat wieder ans Rednerpult und sagte:

«Ich erkläre den offiziellen Teil nun für beendet und bitte Sie ans Buf-
fet.»

Anschliessend fuhren Jasmine und ihr Vater Bertrand zusammen mit
dem Professor und Peter Schneider nach Montezillon, wo sie von Frau
Jacotet herzlich begrüsst wurden. Der späte Nachmittag war herrlich, das
Wetter einladend warm und eine gute Flasche Oeil de Perdrix eines be-
kannten Winzers der Gegend wurde zur Feier des Tages geöffnet. Auch
Goldy war zufrieden und döste vor sich hin.

Beim Kaffee nach dem Nachtessen meldete Jasmine sich zu Wort, räusperte sich und sagte:

«Ich habe vor Kurzem meine Bindung zu meinem Freund, also ehemaligen Freund, in einem langen und freundschaftlichen Gespräch aufgelöst und offiziell als beendet erklärt. Nun, lieber Peter,» sie nahm seine Hand und schaute ihre Eltern an,» sind wir sozusagen auch offiziell ein Paar.» Die Mutter schaute ein wenig erstaunt, lächelte jedoch ihren Mann und Peter erfreut an, hob das Glas und erwiderte: «So soll es sein, seien Sie herzlich bei uns willkommen, ich heisse Claudine, von jetzt an per Du.»

Das Eis war gebrochen, Bertrand stiess seinen Ellbogen in die Seite von Peter und sagte grinsend: «Du darfst – Du musst – meine Tochter jetzt küssen!» Jasmine war schneller und küsste ihn sanft und lächelte verliebt.

Am darauffolgenden Tag, es war bereits Nachmittag, spazierte Jasmine wiederum, ganz in der Nähe der Ferme Robert im Creux-du-Van, mit ihrem Hund auf dem Wanderweg in Richtung der Höhle.

Sie wollte so nochmals ihre Erlebnisse und Eindrücke dieser fast unwahrscheinlichen Tage und Nächte hier in der Umgebung, verarbeiten und endgültig abschliessen. Je näher sie zur Abbiegung der Höhle schritt, desto mehr wuchsen in ihr Emotionen und Ängste denen Jasmine nicht enteilen konnte. Die Tränen flossen ihr über die Wangen und es schüttelte sie gewaltig durch.

Heute war nicht der Moment so wurde ihr bewusst, wo sie mit allem Erlebten abschliessen konnte und sie kehrte um und lief raschen Schrittes zurück zum Parkplatz.

Sie entschloss sich, hier nochmals mit einer Kollegin zurückzukehren, warum nicht mit Fabienne, der Pilotin? Auch sie war der Geheimnisstufe rot unterstellt und somit prädestiniert für die Aufgabe eines psychologischen Debriefing. Sie wollte Fabienne bei nächster Gelegenheit anfragen, ob sie dazu bereit und auch interessiert wäre.

Bei diesen Gedanken lächelte sie wieder und fuhr zufrieden hinunter ins Tal.

Rechtliche Anmerkung

FIGUREN, AKTEURE, PROBANDEN

Adolar Vorfahre des Druiden Jean Biels, alemannischer Sklave, Ahd. «adal»: edel, vornehm «aro» Adler, Nebenform: Adelar

Auberge La Ferme Robert Einziges Gasthaus im Creux-du-Van, Stammlokal des Druiden

Bertrand Jacotet Vater von Jasmine durch Bundesrat Spühlmann bestimmten, militärisch operativer Leitungsoffizier vor Ort

Bohdan Kommandant und Vertrauter des Oligarchen, Beauftragter einer unabhängigen Miliztruppe in den Diensten der Ukraine

Bundesrat Spühlmann Chef des EDI (Eidgenössischen Departements des Innern), einer von sieben Bundesräten der Schweizerischen Eidgenossenschaft

Chiara Courvoisier Ex-Frau von Herrn Courvoisier, Ukrainerin, Schwester von Yevgen

Claudine Jacotet Mutter von Jasmine und Frau von Bertrand

AAD 10 Das Armee-Aufklärungsdetachement 10, eine 2004 aufgestellte Spezialeinheit der Schweizer Armee mit einer Stärke von rund 90 Soldaten. Die Elite-Einheit ist als Berufsformation eine Kern-Komponente des Kommando Spezialkräfte. Wikipedia

Der Druide Jean Biels, Noiraigue, Rentner und Geschichtenerzähler der Saga um seinen Vorfahren «Adolar»

Divico Heeresführer der Helvetier

Divisionär Ribotin Divisionskommandant des Generalstabes der Schweizer Armee im Range eines Divisionärs.

Fabienne Challende Pilotin der schweizerischen Luftwaffe

Goldy Golden Retriever-Weibchen, Hund von Jasmine Jacotet

Heinz Baltiger Schriftsteller, Solothurn, Wandertourist am «Creux-du-Van»

Herr Courvoisier, genannt Courvi, Besitzer eines Juwelierladens und Experte, Neuchâtel

Jasmine Jacotet 26, Assistentin der Archäologie am archäologischen Institut der Universität Neuenburg

Joe Bodyguard des Oligarchen

Juri Shevchuck ukrainischer Oligarch, kontrolliert den Gebrauchtwagenhandel von West-Europa nach der Ukraine, Mäzen von Kunst in ganz Europa, Investor in der englischen «Premier League»

Marcus Freund von Jasmine, Student der Veterinärmedizin, momentan in Australien

Maria Pfannenmatter Direktorin EDI

Montezillon Gemeinde Rochefort, Val-de-Travers, Kanton Neuenburg

Oleksandra 6-jährige Tochter vom Kommandanten Bohdan

Peter Schneider Bundespolizist der fedpol, Schweizerische Bundespolizei

Professor Dr. Nicolas de Montmollin archäologisches Institut der Universität Neuenburg

Ständerat Jules Matthey einer der zwei Vertreter des Kantons Neuenburg im Eidgenössischen Ständerat, Bern

Task Force Helveticus Codenamen für den Schatz der Helvetier

Yevgen Lyesik Ukrainer, Ex-Schwager von Juwelier Courvoisier, Gebrauchtwagenhändler und Putzinstitut, Biel

Inhaltsverzeichnis